coleção fábula

**Patrick Deville**
Viva!

apresentação de
Alberto Manguel

tradução de
Marília Scalzo

editora 34

| | |
|---|---:|
| apresentação | 7 |
| em Tampico | 15 |
| de Tampico à Cidade do México | 17 |
| na Cidade do México | 25 |
| Traven & Cravan | 27 |
| Grieg & Lowry | 32 |
| a casa azul | 37 |
| em Kazan | 42 |
| último amor | 49 |
| o inimigo de classe desembarca em Acapulco | 54 |
| Lowry & Trótski | 58 |
| no Hipódromo | 64 |
| agave | 71 |
| em Coyoacán | 75 |
| últimos endereços | 82 |
| a turminha | 87 |
| Tina y Alfonsina | 102 |
| os pés sobre a Terra | 107 |
| em Cuernavaca | 113 |
| o contraprocesso | 117 |
| Malcolm & Graham | 122 |
| a cidade da noite terrível | 125 |
| Lloyd & Loy | 130 |
| em Vancouver | 136 |
| rumo à terra dos tarahumaras | 146 |
| em Guadalajara | 152 |
| Malc & Marge | 161 |
| Traven & Trótski | 168 |
| a medula | 179 |
| last drink | 183 |
| a roda-gigante | 188 |
| agradecimentos | 197 |

## apresentação

Dante imaginou Ulisses como alguém que deseja saber quem ele é e o que é este mundo em que se encontra. Em nome disso, estende até o indizível as fronteiras de sua ação, além dos limites do mundo conhecido. Ulisses morre, é verdade, no curso da tentativa, mas não sem antes demonstrar—ou demonstrar para si mesmo—que nem o lugar que julgamos conhecer nem a pessoa que vemos diariamente no espelho chegam a constituir certezas. A partir de um certo "ponto do mundo que nos é caro" (são palavras de Rimbaud), a tarefa humana consiste, para Ulisses, em desmontar os obstáculos do tempo e do espaço para, por meio desse ato inicial, abarcar o universo inteiro.

Essa é também a ambição literária de Patrick Deville. Ao longo de sucessivos romances, Deville parte de um ano preciso—1860—para empreender uma investigação do mundo dos exploradores, cientistas e aventureiros que, como Ulisses, conceberam a própria existência como busca de horizontes sempre mais remotos. Deville persegue esses perseguidores como se suas missões disparatadas fossem casos policiais: encontra chaves, interroga testemunhas, reconstrói eventos para entender como se deram os acontecimentos que narra. Conta e questiona ao mesmo tempo, e sua narração torna-se convincente por obra desse processo de desvendamento da verdade.

Borges relata que, ao reescrever o *Quixote* palavra por palavra, o apócrifo Pierre Menard teria mostrado que a história é mãe da verdade. Escrita por Cervantes no século XVII, essa afirmação (como observou Borges) é "um mero elogio retórico"; pronunciada no século XX por Pierre Menard, é escandalosa. Como assim? A verdade seria o que contamos, e não os fatos tal como se deram? Isso é, sem dúvida, escandaloso, mas não surpreendente. Já Heródoto diz a seus leitores que o que vai contar é verdade; essa afirmação exclui a possibilidade de que tudo o que existe para além de suas palavras seja verdade. A história das coisas que se deram é, portanto, a versão de quem conta melhor — e talvez seja essa a conclusão a se tirar das primeiras palavras do Evangelho de João: "No princípio era o Verbo". Queremos conhecer a verdade dos acontecimentos passados, analisamos esses acontecimentos recorrendo a registros escritos e a testemunhas vivas, jogamos tudo na página como melhor podemos — e esse artefato verbal formado por associações, intuições, achados fortuitos e documentos selecionados constitui o que denominamos História.

Por sorte, já que não podemos ser irrepreensivelmente verazes, podemos ser verossímeis, e Deville é um desses historiadores que apelam para os recursos da ficção para dar realidade e verossimilhança a suas narrativas. Seu interesse incide sobre um mundo já remoto de aventureiros e exploradores, uma época já fora de nosso alcance, quando os mapas ainda mostravam áreas pintadas de rosa com a inscrição "*terra incognita*".

Esse interesse e esse paradoxo levaram Deville até o México dos anos 30. Como um detetive ucrônico, o autor vasculha essa região violenta, definida por B. Traven como "eutanásia para gringos". Em *Viva!*, Deville interroga os grandes criadores aventureiros que foram se perder no labirinto mexicano: Trótski e Malcolm Lowry, Tina Modotti e Frida Kahlo, Artaud e Graham Greene, mas também contemporâneos como Margo Glantz e Sergio Pitol e, de quebra, o editor Maurice Nadeau, refinado conhecedor das letras do século xx.

Por que apaixonam Deville, por que nos apaixonam as figuras de aventureiros como esses? Talvez porque nelas encontremos, como leitores, a promessa de uma experiência desejada. Nadeau, afirma Deville, falava dos acontecimentos do passado como se fossem da semana em curso. Essa noção de constância tanto temporal como geográfica permite que Deville veja nosso presente sem temor ao anacronismo e relate atos pretéritos como se fossem de hoje.

Muitos dos atos narrados por Deville em *Viva!* são de grande crueldade e violência. Os feitos de sangue e de guerra (como a Revolução Mexicana) são, sem dúvida, sombrios e trágicos, mas devemos ter consciência, se quisermos ser sinceros, de que não apenas repelimos e temos a violência: também abrigamos um anseio por sangue que nos faz exultar, um sentimento guerreiro tanto em Trótski como em Modotti, por exemplo, que Alessandro Baricco, no prólogo a sua versão dramática da *Ilíada*, denomina simplesmente "amor" à guerra. Desejamos a paz, mas amamos a violência, e personagens como os retratados por Deville em *Viva!* encarnam esse amor que não ousamos confessar. Em romances como *Viva!* lemos não apenas as histórias que são contadas: lemos também o texto transformado em metáfora de outras histórias que nos são próprias, em símbolo de nossos temores e inconfessáveis desejos.

*Alberto Manguel*
Santiago de Compostela, 12 de outubro de 2016
*Tradução de Heloisa Jahn*

**Viva!**

"Há um encontro tácito, marcado entre as gerações que nos precederam e a nossa. Fomos esperados nesta Terra."
WALTER BENJAMIN,
*Sobre o conceito da história*

## em Tampico

Tudo começa e tudo termina com o barulho dos marinheiros raspando a ferrugem. Capitães e armadores temem deixá-los desocupados no cais. Daí o martelete, a lata de zarcão e o pincel. A paisagem portuária é a de um filme de John Huston, *O tesouro de Sierra Madre*, guindastes e balsas, gruas e torres de perfuração, palmeiras e crocodilos. Cheiro de petróleo e de graxa, de alcatrão e de chorume. Uma garoa quente que molha tudo e, nesta noite, a silhueta furtiva de um homem que não é Bogart, mas Sandino. Com quase trinta anos, parece ter vinte, franzino e baixinho. Sandino veste macacão de mecânico, leva uma chave inglesa no bolso, verifica se não está sendo seguido, distancia-se das docas em direção à área dos bares, onde acontece uma reunião clandestina. Depois de deixar sua Nicarágua natal e aventurar-se longamente pelo mundo, o mecânico de bordo Sandino sossega e descobre o anarcossindicalismo. É operário na Huasteca Petroleum de Tampico.

No fundo das ruelas do porto, onde as luzes estão acesas, os conspiradores se escondem numa saleta reunidos em torno de Ret Marut, o mais aguerrido. Ele chegou ao México como foguista a bordo de um navio norueguês.

Diz ser marinheiro, polonês ou alemão, revolucionário. Sob o boné de proletário, um rosto comum e um bigodinho que lhe dá um ar de membro do bando de Bonnot. No fim da Primeira Guerra Mundial, Ret Marut participou da tentativa de insurreição em Munique. Condenado à morte, desapareceu, trocou de nome muitas vezes, começou a escrever poemas e romances, a combater a solidão com um lápis e a preencher cadernos. Logo enviará para a Alemanha *O tesouro de Sierra Madre*, cuja ação se passa em Tampico — sob um outro pseudônimo, Traven. Utilizará dezenas deles. Para a fotógrafa Tina Modotti, na Cidade do México, será Torsvan.

Quanto a Sandino, que deixa o bar no meio da noite armado daqueles conselhos alemães ou poloneses, a cabeça repleta de chamas revolucionárias, e que anda depressa na chuva oblíqua sob o cone alaranjado das lâmpadas de sódio, bem poderíamos segui-lo. Se o fizermos, veremos como volta à Nicarágua, troca o macacão de operário de refinaria por roupas de montaria, cartucheiras cruzadas sobre o peito, chapéu Stetson na cabeça, e assume o comando da guerrilha para tornar-se o glorioso general Augusto César Sandino, o General dos Homens Livres, nas palavras de Henri Barbusse. A cavalo, à frente de seu batalhão de miseráveis que jamais será vencido, empurrará para o mar o exército de ocupação dos gringos e prosseguirá a grande obra de Bolívar. As cavalgadas das tropas sandinistas levantam no horizonte a poeira amarela da Nova Segóvia da Nicarágua. Mas não o seguiremos. Em meio à bruma abafada, outro petroleiro norueguês, grande muralha vermelha e negra, atravessa o golfo do México e se aproxima do porto de Tampico. A bordo, outro revolucionário no exílio ouve os marteletes e o grito dos pássaros marinhos.

## de Tampico à Cidade do México

Ao pé da escada do *Ruth*, petroleiro norueguês em lastro, devolve-se ao proscrito Trótski a pequena pistola automática confiscada no embarque, três semanas antes. Aquele que comandou um dos exércitos mais poderosos do mundo guarda num dos bolsos todo o poder de fogo que lhe resta. É um homem maduro, cinquenta e sete anos, cabelos brancos revoltos, a seu lado a mulher de cabelos grisalhos, Natália Ivánovna Sedova. Estão pálidos, ofuscados pelo sol depois da penumbra da cabine. Numa foto, vê-se Trótski de boné de golfe branco, pouco marcial. No cais, são acolhidos por um general de uniforme de gala e alguns soldados, uma jovem de cabelos pretos trançados e presos num coque. Vamos com eles até a estação ferroviária de Tampico.

Agora são quatro no vagão revestido de lambris. Diante deles o general Beltrán, de uniforme escuro e expressão severa, e a jovem de blusa indígena multicolorida na qual predominam os amarelos. Suas sobrancelhas muito escuras se unem na base do nariz como as asas de um melro. O *Hidalgo* é o trem pessoal do presidente Lázaro Cárdenas. O pintor muralista Diego Rivera convenceu-o a conceder um visto ao proscrito e a salvar sua vida. Estamos em 1937, três anos depois do assassinato de Sandino em Manágua pelos esbirros do general Somoza. A notícia chegara com atraso à França, mais precisamente a Barbizon, onde Trótski estava escondido. A ditadura de Somoza está instalada na Nicarágua, o fascismo, na Itália, o nazismo, na Alemanha, e o stalinismo, na Rússia. A Espanha está em guerra, logo virá a derrota dos republicanos e a vitória do franquismo. Há dez anos, Trótski é um vencido a errar sobre o planeta. A locomotiva solta um jato de vapor. Ei-lo de novo a bordo de um trem. Pela primeira vez a bordo de um trem mexicano.

Conhece as imagens dos homens de Pancho Villa sentados sobre o teto dos vagões, cartucheiras cruzadas sobre o peito e *sombreros*. Conhece *México rebelde* de John Reed, o jovem escritor que depois escrevera *Dez dias que abalaram o mundo* e louvara a revolução russa. Revê os trens a bordo dos quais atravessou a Europa a caminho de seus sucessivos exílios. Seu próprio trem blindado com a estrela vermelha correndo pela neve, o trem que mandara construir em seus tempos de Comissário do Povo para a Guerra, quando comandava cinco milhões de homens, antes de tornar-se esse mero proscrito em fuga, sentado numa banqueta diante da jovem de cabelos negros presos por fitas e pentes de madrepérola, o belo pássaro multicor que talvez já o faça lembrar de Larissa Reisner e da tomada de Kazan, a primeira vitória do Exército Vermelho, há quase vinte anos.

Frida Kahlo fita os olhos muito azuis do proscrito atrás dos óculos redondos e sorri para ele. Ainda não completou trinta anos. O marido, Diego Rivera, é famoso no mundo todo, mas aquele que ali está é ainda mais famoso. Dividiu a História em duas. O trem acompanha o rio Pánuco e depois as lagunas na saída da cidade. O avanço é lento. O *Hidalgo* é menos possante que o trem blindado a bordo do qual ele viveu mais de dois anos, indo dos fronts de Moscou até a Crimeia, rechaçando o Exército Branco de Wrangel. A paisagem desconhecida vai se tornando mais árida à medida que a via férrea se afasta da costa e entra pelos planaltos, afasta-se das ribanceiras tropicais de Tampico, do mar agitado e verde do Caribe, ao acaso das cidades por que passam, das ruas poeirentas, das casas de madeira, dos armazéns, dos bricabraques, um rio, barcos carregados de mercadorias, rebanhos de vacas. É um encerro de algumas horas no trem de lambris envernizados, cada um perdido em seus pensamentos. Trótski e Natália Ivánovna acabam de escapar da morte na Noruega. Recearam ser jogados no mar ou ter a morte transformada em suicídio. Ignoram o que os espera.

Se ainda lhe fosse possível gozar do anonimato, Trótski desembarcaria numa daquelas pequenas estações que Tolstói apreciaria, no meio dos índios e dos peões. Conhece a vida de fazenda, o cheiro do feno, o rangido dos eixos das carroças e o horizonte vermelho sobre a planície. Ler livros, cultivar o próprio jardim. Muitas vezes precisou fazer um esforço para arrancar-se do retiro e dos livros, voltar à cidade e aos furores da História. Depois da Revolução, sim, depois do triunfo mundial da Revolução, desembarcar do trem, ler e escrever, caçar e pescar como fez em todas as vezes que foi derrotado. As caçadas nos pântanos em torno de Alma-Ata durante o exílio no Cazaquistão depois da vitória de Stálin, em seguida as pescarias matinais de barco em volta da ilha turca de Prinkipo, quando Stálin o expulsou para Istambul.

O trem sobe na direção dos vulcões, dos planaltos mais altos, das urzes secas, uma terra pobre diante da qual seu pai encolheria os ombros e cuspiria na poeira, o velho Bronstein, morto de tifo quinze anos antes, o camponês das planícies de trigo da Ucrânia. Mas esse que cresceu nas casas feitas de terra e palha é um jovem brilhante demais para ficar na granja. O excelente aluno, primeiro em tudo, abandona os trabalhos do campo, se insinua na magra cota que o czar destinou aos estudantes judeus. Lev Davídovitch Bronstein é um jovem racional que desconfia das paixões. Mais tarde será escritor, por ora é a ciência, o ativismo político nos canteiros navais de Odessa. Redige libelos, prega para operários que têm a idade de seu pai, descobre o poder do verbo e esse dom natural que possui, o carisma, o poder das palavras sobre o espírito dos operários do canteiro e também sobre o de Aleksandra Lvovna. Descobre ainda a prisão, e na cela fortalece suas ideias à custa do czar e de seus carcereiros, estuda línguas. Aos vinte anos a deportação para a Sibéria, o trem, a floresta, a cabana, a leitura, o casamento durante o desterro com a bela Aleksandra Lvovna que foi atrás dele, as duas filhinhas, Nina e Zina. Terá a coragem de abandoná-las, de fugir sozinho, porque a Revolução, com a fúria do deus bíblico, lhe ordena que abandone mulher e filhas num impulso heroico e brutal, desses que se veem na vida de santos e profetas. É o início das falsas identidades.

Lev Davídovitch Bronstein, que os amigos ao longo da vida chamarão de LD, e depois de O Velho, possui um passaporte falso com o nome de Trótski e é com ele que entrará para a História. Esconde-se numa carroça, chega a Irkutsk, embarca no trem Transiberiano. Fugindo ao acaso, passa pela Áustria e por Zurique, chega a Paris, conhece Natália Ivánovna, que acaba de concluir um curso de botânica em Genebra. Ela está sentada a seu lado, dezenas de anos depois, nesse trem *Hidalgo* do presidente Cárdenas, e dorme apoiada em seu ombro. Ele também cochila, seu olhar encontra o do general Beltrán e ainda o da misteriosa mulher mexicana das sobrancelhas negras, do melro na testa, dos lábios vermelhos.

O trem fica cada vez mais lento ao abordar as escarpas, reboca seus vagões rumo à Cidade do México e seus dois mil metros de altitude enquanto o céu de janeiro, onde voam em círculo os urubus de grandes asas negras, vai ficando límpido e dourado. Ele se sente um pouco perdido depois daquelas três semanas no mar. Quem sabe estamos em 1905 e o cristo vermelho abre suas asas sobre São Petersburgo, invoca apóstolos e mártires. Os pobres morrem na neve de janeiro em frente ao Palácio de Inverno. Entre todos os que têm a cabeça a prêmio, Trótski é o único a voltar à Rússia logo nos primeiros dias da insurreição, sob o nome de Vikiêntiev, proprietário nobre. Tem deste a aparência e a atitude. Há um estado de sítio. É posto à frente do soviete e seu modelo é a Revolução Francesa. Da tribuna, cita Danton: "A organização, ainda a organização, sempre a organização!". Logo é a desordem, a debandada, o fracasso, a fortaleza de Pedro e Paulo, dez meses de preventiva, o processo, e depois de novo a Sibéria, o trem. Sobre a plataforma, ele é a imagem do condenado. A polícia do czar deixou-o com seus sapatos europeus, fatídico amadorismo, e no interior dos saltos ocos, como num romance de Dumas, há moedas de ouro e documentos falsos.

Os deportados ficam sabendo que têm como destino Obdorsk, para lá do círculo polar. Na parada de Beriózov, como havia treinado, Trótski simula uma ciática. Ao ser deixado para trás sozinho à espera do próximo comboio, suborna o guarda e o enfermeiro, compra um trenó, animais para puxá-lo e um casaco de pele de carneiro, contrata um guia, foge pela taiga. Com frases que poderiam ter sido escritas por Jack London, fará o relato de sua fuga em *Ida e volta*: "Deslizávamos mantendo a velocidade, sem ruído, como um barco sobre as águas tranquilas de um lago. No crepúsculo sombrio, a floresta parecia ainda mais gigantesca. Eu não divisava absolutamente nada da estrada, quase não sentia o movimento do trenó. Árvores de sonho corriam à nossa frente, os arbustos fugiam para os lados, velhos troncos cobertos de neve desapareciam diante de nossos olhos, tudo parecia impregnado de mistério, a respiração ritmada e veloz das renas era só o que se ouvia no grande silêncio da noite e da floresta".

O fugitivo transpõe os montes Urais, ruma para o norte, passa pela Finlândia, desce até Berlim, fixa-se em Viena. Tem vinte e oito anos, três dos quais na prisão, e duas deportações. Seu nome e sua coragem são agora reconhecidos por todos os revolucionários. Torna-se jornalista, crítico literário, encontra Jaurès, escreve um texto de homenagem a Tolstói por seus oitenta anos e lê Freud, parte para fazer uma reportagem nos Bálcãs. Depois do atentado de Sarajevo, vai para a Suíça e em seguida novamente para

Paris, número 28 da rua d'Odessa em Montparnasse, onde será informado, em dezembro de 1914, da entrada triunfal de Emiliano Zapata e Francisco Villa na Cidade do México. A revolução mexicana passa à frente da russa.

Dois policiais o acompanham no trem para Irún e o entregam à polícia espanhola. É a batalha de Verdun e a França expulsa Trótski. Não se sabe bem o que fazer dele, é levado a Cádiz e depois a Madri. Poderiam entregá-lo ao czar. Em vez disso é posto num trem para Barcelona, onde, em 25 de dezembro de 1916, embarcam-no à força no *Montserrat*, de partida para Nova York. É inverno e até Gibraltar encontram mar revolto. Em seus passeios pelo convés varrido pela chuva, Trótski encontra um gigante avariado vestindo capa de chuva, "um boxeador anglo-francês com pretensões literárias, primo de Oscar Wilde". É Arthur Cravan, o poeta de cabelo mais curto do mundo, segundo seu amigo Blaise Cendrars. Em Barcelona, Cravan acaba de beijar a lona, nocaute no sexto *round*, perdeu para o campeão do mundo Jack Johnson. Tem toda a travessia para se recuperar e cobrir o corpo de pomadas. Janta com Trótski e lhe conta sobre suas viagens clandestinas de anarquista.

Trótski cochila. O trem se aproxima da Cidade do México. O general Beltrán pôs o quepe na cabeça, alisou o uniforme e recolocou o cinturão. Em seu semissono pairam frases que talvez tenha lido ou escrito: "Contínuos deslocamentos e Moscou, Kronstadt, Tver, Sebastópol, São Petersburgo, Ufá, Ekaterinosláv, Lugovsk, Rostov, Tíflis, Baku receberam uma a uma nossa visita, ficaram aterrorizadas, transtornadas, em parte destruídas, copiosamente enlutadas. Nosso estado de espírito era medonho e nossa vida, um pavor. Estávamos sendo seguidos, caçados. Éramos descritos em cem mil cartazes afixados em toda parte. Nossas cabeças estavam a prêmio".

Mas as frases não são suas. São daquele escritor suíço, amigo do boxeador Cravan, que haviam comentado a bordo do *Montserrat*, um escritor que vivera algum tempo na

Rússia, engajara-se na Legião Estrangeira e que publicava sob o pseudônimo de Blaise Cendrars, e o livro, *Moravagine*, seria traduzido para o russo por Victor Serge, próximo de Trótski e da Oposição de Esquerda. A bordo do *Montserrat* haviam localizado essas relações comuns. O trem chega aos subúrbios. Trótski se pergunta onde poderia estar Victor Serge e se ambos voltarão a se ver algum dia.

Em Nova York, jornalistas aguardavam Cravan no porto, o gigante de capa de chuva e supercílios partidos. Não é pouca coisa, disputar um campeonato mundial de boxe, mesmo perdendo. Outros esperavam Trótski. Não é pouca coisa, instaurar um soviete em São Petersburgo, mesmo sendo derrotado. Cravan reencontra seus amigos poetas de vanguarda, reencontrará em breve seu grande amor Mina Loy. Um ano mais tarde o gigante desaparecerá para sempre no México em plena revolução. Trótski é acolhido pelo exilado Bukhárin, aluga um pequeno apartamento no Bronx, retoma suas atividades de jornalista, publica diatribes em *The Class Struggle*.

Dali a alguns meses chega 1917.

Os Estados Unidos entram na guerra e desembarcam suas tropas em Saint-Nazaire. A revolução explode na Rússia. Trótski deixa Nova York, embarca no fim de março no navio norueguês *Christianafjord*. Na escala canadense é detido pelos ingleses, preso, solto dois meses mais tarde. Ganha novamente o mar rumo à Finlândia, toma um trem. A grande locomotiva negra desliza pela neve. Depois de uma primeira volta ao mundo no exílio, ei-lo de novo à frente do soviete de Petrogrado. Desta vez Lênin e ele não permitirão que a desordem se instale. É o grandioso outubro. Trótski preside o comitê revolucionário. Sobre aqueles dez dias, John Reed escreverá sua epopeia, será seu Tucídides. Trótski reencontra Fiódor Raskólnikov e Larissa Reisner. Juntos, tomarão Kazan.

Trótski tem trinta e oito anos, deixa de fumar, cria o Exército Vermelho, negocia a paz de Brest-Litovsk e prepara a revolução alemã, escreve a Karl Liebknecht e Rosa Luxemburgo porque está convencido, como muitos e como o anarquista Ret Marut em Munique—que mais tarde passará a ser Traven em Tampico—, que o futuro da Revolução é a Alemanha. Um ano antes, com Lênin nos cafés de Zurique jogando xadrez e Trótski exilado na Espanha, qual Nostradamus teria prometido aos dois uma vitória tão rápida? O trem desacelera ao chegar à plataforma. Até agora o proscrito só teve tempo, cochilando de Tampico à Cidade do México, do Atlântico aos vulcões, de percorrer a primeira metade de sua vida, a ascendente e gloriosa, de Odessa até Kazan. Ir ao encontro da segunda seria como embarcar novamente no trem para viajar da Cidade do México até Acapulco no Pacífico, do outro lado dos vulcões, como descer outra vez, por etapas, até o zero do nível do mar e do exílio.

Na saída da estação ferroviária, uma multidão cerca o proscrito e Natália Ivánovna. Fotógrafos disparam seus *flashes* de magnésio. Os homens do general Beltrán garantem a segurança do casal. Automóveis pretos daqueles anos 30, de rodas altas e estreitas, deslocam-se em comboio pela Cidade do México rumo ao bairro periférico de Coyoacán. A mexicana das sobrancelhas negras e do melro na testa, silenciosa, bela como Larissa Reisner, está sentada ao lado deles. Abre a porta para eles. Atravessam o jardim muito verde e ensolarado, protegido por altos muros. Frida Kahlo recebe-os em sua casa azul. Será esse o primeiro endereço deles no México. Mais tarde, depois do assassinato de Trótski, Natália Ivánovna relatará a Victor Serge a alegria daquela chegada, das primeiras imagens da Cidade do México depois da Noruega: "Uma casa baixa, azul, um pátio cheio de plantas, salas frescas, coleções de arte pré-colombiana, quadros em profusão".

## na Cidade do México

Em outro setor da imensa cidade do Distrito Federal, longe de Coyoacán, em Condesa, Colonia Hipódromo, La Selva é um pequeno café invadido por passarinhos negros minúsculos, lotado de vasos em flor, com um cacto num galão que a ferrugem embeleza, e onde uma borboleta-amarela revoa.

Há dez anos os táxis da capital eram fuscas verde e branco. Hoje, em sua maioria, são sedãs dourado e grená. Assim vai se alterando o mundo. E ainda não é o fim da História. Até hoje o país não se parece com nenhum outro. De dez anos para cá, no México, retomo a leitura de Trótski e de Lowry e, na sequência, de outros escritores que também foram se perder no México, como Cravan e Traven, pinço fios, desenrolo novelos, teço relações, monto as vidas de três mulheres, ilustres também elas, há muito desaparecidas e mescladas a todas essas histórias da turminha do México, três mulheres em cuja homenagem a devoção popular e a sabedoria das nações deveriam construir altas pirâmides indígenas munidas de degraus de pedra e tendo no topo três altares nos quais se pudessem depositar os livros de Larissa Reisner, os quadros de Frida Kahlo, as fotografias de Tina Modotti, distribuir livremente as três

virtudes das Graças, a Alegria, a Abundância e o Esplendor, convocar a presença sobre os degraus dos sacerdotes com plumas multicoloridas e dos penitentes, dos adoradores, dos marinheiros, dos exilados, dos sem-documentos, dos apátridas. De todos aqueles que se cruzam na clandestinidade ou a bordo dos navios:
Sandino encontra Traven e Trótski encontra Cravan.

## Traven & Cravan

Já esses dois nunca se encontraram. Houve quem sugerisse, porém, depois do desaparecimento de Cravan no México, que fossem uma e a mesma pessoa.

Fabian Lloyd, o gigante poeta e boxeador, inglês nascido em Lausanne, anarquista e sobrinho de Oscar Wilde, edita em Paris, sob o pseudônimo de Arthur Cravan, a revista de vanguarda *Maintenant*, cujos artigos escreve sozinho. Suspeito de pacifismo no início da Grande Guerra, deixa os amigos Félix Fénéon e Van Dongen, Picabia, que reencontrará em Barcelona, toda aquela turminha que Diego Rivera também frequentava em Montparnasse. Diferentemente de Cendrars, que se engaja na Legião Estrangeira e vai perder o braço direito na Champagne, Cravan desaparece, percorre a Europa com documentos falsos, vira motorista de táxi em Berlim. De vez em quando e sem maior treinamento pratica a poesia e o boxe, há pouco foi demolido pelo campeão do mundo, conversa com Trótski a bordo do *Montserrat*, troca Nova York e seu grande amor Mina Loy pelo México, onde suas pistas depressa desaparecem — delas, restam apenas alguns cartazes anunciando lutas de boxe na Cidade do México e em Veracruz.

Na medida em que o nome de Traven torna-se conhecido e seus romances são traduzidos, depois que ele publica *O tesouro de Sierra Madre*, fala-se, aventam-se hipóteses, suspeita-se que possa ser Arthur Cravan ou Jack London—que teria simulado o suicídio para fugir dos credores—, ou ainda Ambrose Bierce, também ele sumido no México durante a guerra. Podemos ser tomados de assombro ou ficar enciumados, numa época em que um fio de cabelo esquecido num quarto de hotel basta para estabelecer nossa identidade. Traven recorda que antes da Primeira Guerra "bastava apresentar um envelope vazio com um endereço e um selo carimbado para viajar de Berlim a Filadélfia, de Hamburgo a Bornéu, de Bruxelas à Nova Zelândia". Esses homens escolhem o México, um país em revolução havia muitos anos, um país onde vastos territórios escapam ao controle do Estado, um país de imigrantes e desenraizados, o país da solidão também, segundo Octavio Paz, um país onde até hoje é considerado falta de tato perguntar a alguém quais são suas ocupações, suas origens ou seus projetos.

Traven diz ter nascido em San Francisco, onde todos os registros civis desapareceram no grande incêndio. Serão necessários anos para que se estabeleça uma relação entre ele e Ret Marut, o anarquista que sumiu de Munique sem deixar rastros, o editor da revista *Der Ziegelbrenner*, ou *O Oleiro*, cujos artigos escrevia sozinho. E, como a Cravan, acusam-no de derrotismo e de alvejar o exército alemão em guerra pelas costas, enquanto Cravan alveja o exército francês pelas costas. Os dois tinham mesmo muito em comum, poderiam ter escolhido juntos o pseudônimo Travan ou Craven.

Depois do fracasso da revolução em Munique, Ret Marut foge para a Holanda. A polícia o encurrala em Londres, onde diz ser polonês. Um físico sem características especiais e uma fisionomia comum favorecem seus esforços de dissimulação. Num de seus vistos de permanência no México, emitido em nome de Torsvan, engenheiro norueguês, consta cabelo louro, olhos azuis. Inversamente, é possível adotar o método Trótski: compor uma imagem a tal ponto reconhecível pelo planeta inteiro graças a dois ou três detalhes—óculos redondos e bigode e barbicha—que basta suprimir para passar despercebido e ser deixado em paz. Quem suspeitaria, naquele inverno de 1934 em que ele abandona seus esconderijos em Barbizon ou Lagny para dar uma voltinha em Paris e fuçar nas caixas verdes dos buquinistas, quem suspeitaria ter entrevisto no trem pinga-pinga, disfarçado de pacífico suburbano glabro e míope mergulhado num livro, o chefe do Exército Vermelho em fuga?

Mais tarde se saberá que, saindo de Londres, Ret Marut embarcou no navio norueguês *Hegre*. Vive de bicos em Tampico, escreve poemas e um primeiro romance, *Das Totenschiff, O navio dos mortos*, descreve essas lixeiras mais ou menos flutuantes em que se empilham os imigrantes e os refugiados famintos da Grande Guerra. Fomenta greves e insurreições nos meios frequentados pelo futuro general nicaraguense Sandino, vai viver em Chiapas entre os índios usando o nome Torsvan, depois numa chácara retirada nos arredores de Acapulco. Para Ret Marut que foi Torsvan e Croves e Traven e muitos outros, assim como para Cravan, substrair-se ao registro civil é subtrair-se ao Estado, um estilo anarquista de levar a vida: "Sou mais livre do que qualquer um, sou livre para escolher os pais que quero, a pátria que quero, a idade que quero".

Para o sobrinho do genial pária Oscar Wilde, também é questão de medo e de ódio à autoridade, que sempre condena e humilha as pessoas por prazer. E o escritor inglês Malcolm Lowry, em seu romance *Under the Volcano, À sombra do vulcão*, mostrará o tio de Cravan em trajes idênticos aos de Trótski dez anos mais tarde, Oscar Wilde transformando-se em Dorian Gray e já enfeiando: "Em novembro de 1895, vestindo trajes de presidiário, entre duas e duas e meia da tarde, algemado e à vista de todos, Oscar Wilde permaneceu em pé na plataforma central da estação de Clapham".

Quando John Huston desembarca em Tampico, adapta para o cinema *O tesouro de Sierra Madre* e o filme ganha três Oscars, os produtores adorariam ver figurar nas fotografias o autor do romance na companhia de Humphrey Bogart e Lauren Bacall. O misterioso Traven se recusa. Depois, descobre-se que assistiu às filmagens usando o nome de Hal Croves. Em Hollywood, o antigo membro dos Conselhos Revolucionários de Munique se transforma em estrela invisível. Continua a utilizar o labirinto de suas caixas postais para embolsar os cheques da indústria cinematográfica capitalista.

Os reis e os príncipes,
Os milionários e os presidentes vestem algodão,
Mas o humilde apanhador de algodão
Deve ganhar com o suor de seu rosto cada maldito centavo.
A caminho dos campos de algodão,
O sol sobe, sobe no céu,
Põe teu saco nas costas,
Aperta teu cinto,
Escuta, a roda gira.

*B. Traven*

# Grieg & Lowry

> *Meu trabalho mais duro era tirar a ferrugem
> dos guindastes, e o que não dava para raspar
> tirava-se com as unhas, os dentes.*
> MALCOLM LOWRY

Nem esconderijos nem documentos falsos nem pseudônimos para Lowry, o raspador de ferrugem, o filho do grande comerciante de algodão de Liverpool, capitalista da Buston & co Import-Export. Enriquecido pelos açúcares das Antilhas e os petróleos de Tampico, cristão evangélico e abstêmio, Arthur Lowry abriu filiais nas três Américas e no Oriente Médio.

Quem nasce sob os céus de fuligem, no tédio da burguesia e na foz do rio Mersey no auge de sua indústria naval, sonha em fugir para Fouta-Djalon ou Saigon. Aos dezoito anos, antes de entrar em Cambridge, Lowry embarca no cargueiro *Pyrrhus*. Assim como os de Trótski, seus olhos são muito azuis, mas seus braços são curtos e suas mãos, redondas, de uma força excepcional. Haverá de conservar esse jeito de marinheiro, as pernas ligeiramente arqueadas. Como Cravan, praticará boxe e poesia. Canal de Suez, Port-Saïd, Cingapura, onde o navio encherá seu convés de animais selvagens para os zoológicos da Europa, China à beira da guerra civil, Shangai, Hong Kong, Yokohama e até Vladivostok. Assina embaixo da frase de Melville que diz "um baleeiro foi para mim Yale e Harvard". A bordo, toma notas, começa a escrever seu primeiro romance, *Ultramarina*. O livro ainda está impregnado de Conrad e Melville e Dana. Depois descobre a tradução do livro de um jovem escritor norueguês, Nordahl Grieg, *Skibet gaar videre*, *O navio segue sua rota*. Encontrou seu *Doppelgänger*. Assim que volta à Inglaterra, embarca como foguista num navio norueguês que navega em lastro para o porto de Arkhángelsk no mar Branco, desembarca em Oslo e procura Nordahl Grieg, encontra-o e em seguida começa a escrever outro romance: *In Ballast to the White Sea*, *Em lastro rumo ao mar Branco*.

Cambridge é a barafunda de livros, discos de jazz e garrafas, a pequena fábrica de poesia. John Davenport, editor de *Cambridge Poetry*, que se tornará seu amigo, escreve que no quarto de Lowry "seus livros revelavam o ecletismo do operário da literatura. No quarto de outros estudantes, assim como no dele, havia autores elisabetanos, e Joyce, e Eliot, mas quantos dentre eles conheciam na época Knut Hamsun, Herman Bang, B. Traven e Nordahl Grieg?". No fim daqueles anos 20, o stalinismo e o trotskismo se infiltram nas universidades britânicas. Alguns dos colegas de Lowry, como Kim Philby ou ainda Donald Maclean, seu parceiro no tênis, decidirão trair a Coroa e tornar-se espiões soviéticos. Outros, como John Cornford e Julian Bell, morrerão como heróis ao lado dos republicanos da Espanha. Lowry não quer libertar os homens, quer escrever o *Vulcão*.

Seu egoísmo não é o belo egoísmo político de Traven ou Cravan, o individualismo anarquista como condição para a fraternidade entre os homens, é o solipsismo do gênio insensível à abstração da pluralidade dos homens mas sensível ao homem só, em pé junto ao balcão do bar que logo vai fechar. No que concerne ao mundo, o gênio geralmente é conservador. É em seu livro que a Revolução deve eclodir. Serão necessários vinte anos.

Escreverá seus fracassos, e quando lhe faltarem fracassos cuidará de fracassar de novo, fracassar melhor. Escreverá seu amor por Jan Gabrial, que conheceu em Granada e seguiu da Espanha até as Américas, de Nova York até Hollywood, Acapulco e Cidade do México, inventará seu *alter ego* o Cônsul místico e suas *borracheras* no fundo dos bares. O que quer cantar é a mais bela história de amor de toda a literatura, e também falar do abandono e da miséria do homem sem Deus, compor o hino às rupturas dos amores impossíveis. Os saltos altos dos escarpins vermelhos da traição. O pequeno bimotor vermelho vivo e demoníaco que leva Jan, e sob suas asas toda a agitação da História e da presença de Trótski no México.

E, claro, às vezes duvida, sente remorsos por não ser heroico. Lowry passará toda a Segunda Guerra Mundial trancado numa cabana na praia de Dollarton, perto de Vancouver, na Colúmbia Britânica, no extremo oeste do pacífico Canadá: o mundo desmorona em chamas ao redor da cabana e Diógenes escreve o *Vulcão*.

Sentirá remorsos ao saber da morte heroica de Nordahl Grieg, seu duplo solar, icariano, autor de *O navio segue sua rota*, publicado antes de *Ultramarina* e superior a *Ultramarina*. Depois desse romance, Grieg não parou de publicar outros, como se o trabalho para ele fosse fácil, como se, sorriso nos lábios e sem interromper sua ágil caminhada, sem os anos de reclusão e de tortura cercado pela barafunda de livros, discos de jazz e garrafas, Grieg, o efebo, semeasse as obras ao acaso, enquanto se ocupava de algo bem diferente. Grieg publica coletâneas de poemas, relatos de viagem, não para de percorrer o mundo levando sua vida de aventureiro. A guerra civil na China, depois dois anos em Moscou, de onde volta revolucionário, mais tarde a Guerra da Espanha. As bombas chovem por todo o

planeta e Lowry, que não publicou nada depois de *Ultramarina*, escreve o *Vulcão*.
Grieg acaba de lançar o ensaio premonitório *Os que morrem jovens*, homenagem a Keats, Shelley, Byron, e mais tarde Lowry escreverá sobre Keats, Shelley, Byron. Na primavera de 1940, enquanto Trótski sofre um primeiro atentado à metralhadora em sua casa de Coyoacán, enquanto o cerco se fecha em torno dele, enquanto Lowry em sua cabana conclui uma terceira versão do *Vulcão*, mas serão necessárias seis, Grieg, o herói, é encarregado de escoltar o ouro enviado da Noruega para a Inglaterra, evitar que os nazistas se apropriem dele. Em Londres, torna-se locutor da rádio clandestina, multiplica as reportagens a bordo dos navios de guerra, dos submarinos, dos bombardeiros que se lançam em direção a Berlim. É abatido durante o voo. Seu avião explode no céu de Potsdam em 1943, enquanto Lowry em sua cabana escreve o *Vulcão*, mas heroísmo é escrever o *Vulcão*, é dar a vida para escrever o *Vulcão*, assinar o pacto faustiano que deverá pagar mais tarde com a saúde mental—mas terá escrito o *Vulcão*.

No dia 7 de junho de 1944, o futuro do mundo é decidido nas praias da Normandia, o resultado dos combates ainda é incerto, e na praia de Dollarton a cabana pega fogo. Lowry salva do incêndio o manuscrito do *Vulcão* enquanto as duas mil páginas do manuscrito do *Ballast* ardem em meio a vigas escurecidas, livros calcinados, discos de jazz derretidos, garrafas que explodem. Assim que sair do hospital de Vancouver onde seus ferimentos são tratados, voltará ao *Vulcão*, reconstruirá com as próprias mãos a cabana e o embarcadouro. E a cabana passa a ser o sonho de felicidade impossível de Yvonne, a mulher do Cônsul, a redenção no paraíso frio da Colúmbia Britânica, longe do inferno ardente da Cidade do México. "Ela a via nitidamente, agora. Pequena, coberta de telhas cinza-prata castigadas pela chuva e pelo vento, com uma porta vermelha."
Lowry passa dez anos de sua vida escrevendo naquela cabana e nadando na água fria, embaixo. "Do píer, olhan-

do para o fundo da água transparente, viam estrelas-do-
-mar turquesa e vermelhão e púrpura, e também pequenos
caranguejos de um marrom aveludado desfilando entre as
pedras." E em volta da cabana reunirá todo o grande cortejo da História, e os afrescos dos muralistas mexicanos Diego Rivera e José Clemente Orozco, e a Guerra da Espanha, e o grande nome de Trótski, que soará duas vezes como um ângelus, no primeiro capítulo do *Vulcão* e depois no último, o décimo segundo, ao fim dessa única jornada de quinhentas páginas.

Enviará o calhamaço para os editores e voltará para a Cidade do México.

## a casa azul

Desde aquela primeira noite de 9 de janeiro de 1937, Trótski, o proscrito, é um hóspede incômodo. O general Beltrán e a pequena escolta que os acompanhava de Tampico até a Cidade do México abandonam-nos aos cuidados de Frida Kahlo. Cumpriram sua missão. Diego Rivera traz de casa uma metralhadora Thompson, convoca alguns amigos armados de pistolas. Esperam a chegada dos guarda-costas que também será preciso hospedar. Perseguido pelo ódio conjunto e sanguinário que Hitler e Stálin dedicam ao judeuzinho Lev Davídovitch Bronstein, é sabido que a sobrevivência do proscrito é precária.

Esperam também a chegada dos arquivos ou do que deles resta. Na Turquia, na ilha de Prinkipo, queimaram em parte no incêndio da casa. Em Paris, foram roubados em parte por um comando stalinista; na Noruega, foram destruídos em parte por um comando nazista. Depois das três semanas no mar a bordo do petroleiro norueguês, das horas no trem *Hidalgo* que partiu de Tampico, Trótski procura na casa azul de Frida Kahlo um escritório. Espera a chegada da secretária russa e sobretudo de seu homem de confiança, Jean van Heijenoort, o belo

Van, o homem-orquestra, que o acompanha desde o exílio na Turquia. Trótski está sentado numa poltrona de vime ao fundo do jardim, observa as esculturas indígenas espalhadas sob os arbustos, as flores tropicais cujos nomes desconhece, samambaias, fontes, pássaros, cactos em vasos de barro, gatos, cachorros, uma galinha, uma águia que Frida chama de Gran Caca Blanco, um cervo, um macaco-aranha que Frida chama de Fulang-Chan, um papagaio, passam à mesa e ele descobre o abacate, as *quesadillas* com flor de abobrinha, as *enchiladas*, os *chiles en nogadas*, a tequila com que o paquidérmico Diego Rivera enche seu copo. Diego lhe mostra os muros do jardim feitos de pedra vulcânica no qual se destacam os ocres e os vermelhos da lava crepuscular, ocres e vermelhos que tingem o ateliê de Frida como uma boca de vulcão, uma descida ao centro da Terra.

O volúvel Diego lhe diz que está no coração de Coyoacán, perto do palácio de Hernán Cortés e também do da Malinche, a amante índia de Cortés, no local onde os conquistadores exaustos, vestindo armaduras enferrujadas, descobriram a cidade que os astecas, séculos antes, detidos em sua migração pela visão profética de uma águia pousada sobre um cacto devorando uma serpente, haviam construído sobre uma ilha e no meio dos vulcões, a vasta cidade de Tenochtitlán, sobre a qual Cortés, maravilhado, escreve a seu rei: "é tão grande e tão extraordinária que eu poderia falar muito mais sobre ela, mas me contentarei em dizer que é quase inacreditável". É o suficiente por esta noite, Trótski agradece a Rivera, retomarão a conversa depois, pediu ao belo Van, entre milhares de outras coisas, que mande entregar ali uma biblioteca sobre a história do México, verá tudo isso de cabeça repousada, ele é assim, Trótski, prefere os livros, trabalhar sozinho. Esta noite, as imagens que habitam seu espírito ainda não são mexicanas.

São imagens russas e imagens de neve e gelo e imagens da Noruega. Sentado no jardim, no dia seguinte, ainda evoca imagens de sua última partida das Américas, em 1917, até seu regresso, agora em 1937. Vinte anos, o grande descarrilamento do trem da História, as locomotivas negras perdidas na neblina. Trótski reencontra o texto que escrevera sobre as locomotivas como símbolos do Progresso: "As revoluções, segundo Marx, são as locomotivas da História: avançam mais depressa que as ideias dos partidos cinquenta por cento ou vinte e cinco por cento revolucionários. Aquele que para, cai sob as rodas da locomotiva. Por outro lado, e aí está o verdadeiro perigo, a própria locomotiva descarrila com frequência".

A da revolução russa há muito tempo saiu dos trilhos.

Sempre achou que bastava ter razão, e nesse ponto também errou. Acreditava que o exemplo bastaria, a ação, a coragem física, a honestidade, a razão. É um herói da Antiguidade, um homem de Plutarco. E desde a vitória da revolução em Petrogrado, em Moscou, não fica nos centros do poder, parte sempre. Manda montar o trem blindado, percorre os fronts, o *limes* vermelho, destroça os Brancos e seus destacamentos de cossacos. O trem do Conselho Revolucionário da Guerra parece estar ao mesmo tempo em toda parte. Surge da neve e do nevoeiro e inflama as tropas em debandada. Dezenas de milhares de quilômetros percorridos durante a guerra civil. Trótski inspeciona os acampamentos, fornece armas e comandos capazes de levantar o moral. O trem é tão pesado que é puxado por duas grandes locomotivas negras com estrelas vermelhas, uma está sempre sob pressão e pronta para partir. Olhos fechados, como se andasse ao longo dos trilhos, percorre um a um os vagões do trem blindado em que passou mais de dois anos de sua vida, sonhando com uma sociedade utópica em formação, um mundo autossuficiente, de ordem e de razão, perfeitamente lubrificado. Vê-se crescer no horizonte a estrela vermelha e atrás dela a locomotiva negra que se aproxima.

Nos vagões, uma gráfica para o *Jornal do Trem*, uma estação telegráfica, uma rádio e uma antena que é desdobrada nas paradas para captar as notícias do planeta, um vagão de víveres e de roupas, couro para remendar as botas, material militar para comunicação e abertura de caminhos, reservas de dormentes para reparar trilhos sabotados, geradores, um vagão-hospital, um vagão de chuveiros, um vagão-cisterna de combustível e um tribunal revolucionário, vagões-garagem com capacidade para carregar caminhonetes e carros. No meio do trem que percorre de memória, o reduto do comissário do povo é um pequeno escritório-biblioteca ladeado por um banheiro e um sofá. A mesa de trabalho ocupa todo um lado, encimada por um grande mapa da Rússia. Do outro lado as estantes, as enciclopédias, os livros arrumados por autor e por idioma. Alfred Rosmer, que passou várias semanas a bordo do trem, folheia ali uma tradução francesa da obra filosófica de Antonio Labriola, encontra ali a antologia de Mallarmé, *Verso e prosa*, de capa azul, da Librairie Académique Perrin.

Quando desce ao leito da ferrovia, Trótski veste um longo casaco de couro preto e um boné com a estrela vermelha. Os duzentos homens da tropa de elite do trem blindado usam casacos de couro preto, um gorro em forma de cone e no braço a estrela vermelha. Como todo russo letrado, sempre que vê trilhos Trótski não consegue deixar de pensar em Tolstói e em *Anna Karênina*, de lembrar-se com que prazer "Anna Arkadiévna respirava a plenos pulmões o ar frio repleto de neve e, sem se afastar do vagão, olhava a plataforma e a estação iluminada". Mas estão em guerra. É preciso afastar-se do vagão-biblioteca, subir as encostas que ladeiam a estrada de ferro, animar os combatentes, inflamá-los, distribuir o *Jornal do Trem*, reunir os desertores e os colaboradores da Legião tcheca e fuzilar alguns deles. Sobre as margens do Volga, Trótski se reúne às forças da Frota Vermelha, embarca no torpedeiro de Fiódor Raskólnikov. A bordo está Larissa Reisner. Vão tomar Kazan.

Observa Natália e Frida, que tomam chá e procuram o nome das plantas, sentadas a uma mesa do jardim, no pátio invadido pelo canto dos passarinhos, no meio dos cactos, das buganvílias, das laranjeiras e dos ídolos de argila, e revê Larissa. Parece-lhe que Frida pisca um olho para ele, mas talvez seja o reflexo da luz sobre um vidro ou a água da fonte. Depois, o belo Van lhe ensinará a palavra *ojeadas*, ou piscadelas. Foi sob o sol forte de agosto, na ilha de Sviazhsk, no meio do Volga, que prepararam o ataque a Kazan.

Todas as noites Diego Rivera vem jantar, conta de novo a história de seu Sindicato dos Pintores Revolucionários, fundado no começo dos anos 20 com outros muralistas, os Dieguitos — David Alfaro Siqueiros, José Clemente Orozco, Xavier Guerrero —, com quem Rivera também criara o jornal comunista *El Machete*, antes que a discórdia se instalasse entre os Macheteros e que a oposição entre Stálin e Trótski estilhaçasse a turminha de cujos participantes ele enumera os nomes, que Trótski não consegue memorizar.

Rivera desenha os arcanos elisabetanos de seus amores e de suas desavenças, um balaio de gatos. Trótski fica sabendo que Frida Kahlo e Diego Rivera se casaram na casa da fotógrafa revolucionária Tina Modotti, também membro do partido, mas stalinista, Tina, a traidora. Frida Kahlo tem vinte e nove anos, seios pequenos e empinados, com mamilos muito escuros, como se vê numa fotografia em que aparece de torso nu, tirada talvez por Tina Modotti, o olhar altivo, uma pistola na cintura da saia longa. Trótski ainda não os viu, os seios de Frida.

Noite após noite, tenta decorar os nomes, começa a entender que fugiu de uma ratoeira para cair em outra, trocou a norueguesa pela mexicana. Em maio de 1940, um desses pintores muralistas, David Alfaro Siqueiros, fomentará contra ele o primeiro atentado à metralhadora. Dessa turminha, conhece apenas alguns dos nomes. Sandino, claro, e talvez também Traven. Maiakóvski, principalmente, o poeta russo cujo elogio escreveu. Este embarcara em Saint-Nazaire com destino a Veracruz, escrevera a bordo *O oceano Atlântico* e passara uma temporada na Cidade do México na companhia daquela turminha, antes de voltar e se matar com uma bala no coração em Moscou.

# em Kazan

Depois de viajar do México para Moscou, de saudar a memória de John Reed, autor dos *Dez dias que abalaram o mundo*, enterrado com honrarias na Praça Vermelha, morto de tifo dois anos depois da Revolução de Outubro e que no entanto sobrevivera à revolução mexicana e combatera ao lado dos homens de Pancho Villa, eu dera uma caminhada ao longo das muralhas vermelhas e das ameias de tijolos do Kremlin, das cúpulas coloridas das basílicas e do grande mausoléu de Lênin que recorda o de Ho Chi Minh em Hanói, e embarcara no dia seguinte no trem Transiberiano, na estação de Iaroslav.

Em Nijni-Nóvgorod, que já foi Górki, cruzei com Zakhar Priliépin, cujo livro *Sapatos cheios de vodca quente* eu havia lido, depois tomei novamente o trem para Kazan na confluência do Volga e do Kazanka. Ia conhecer a ilha de Sviazhsk e os locais onde ocorrera a primeira vitória do Exército Vermelho. Do porto fluvial de Kazan, duas horas de navegação a jusante do Volga, o grande rio cercado de florestas e margeado de areia branca, levam à ilha onde também Ivan, o Terrível, em meados do século XVI, preparara sua vitória sobre os tártaros e aguardara na neve um inverno inteiro, com seus cinquenta mil homens.

No verão de 1918, Trótski está longe de poder contar com tais efetivos. A guerra mundial prossegue. O antigo império do czar é atacado em todas as fronteiras e esquartejado. Ao norte, os Aliados desembarcaram no porto de Arkhángelsk, ao sul os alemães dominam a Ucrânia e a Crimeia, a leste os japoneses ocuparam Vladivostok. O frágil e nascente Exército Vermelho é atacado em toda parte pelos batalhões dos russos brancos. Kazan é ocupada pela Legião tcheca, que conta com vinte e dois mil homens, faz um bloqueio no Volga e impede todo avanço na direção dos montes Urais.

Andei pela ilha assim como percorrera as planícies de Wagram e de Waterloo e andara sobre o rio Berezina congelado na Bielorrússia, lugares onde não há nada para ver nem para fazer exceto concentrar-nos na História e convencer-nos de que estamos mesmo ali; visitei o monastério da Dormição, que foi um presídio e depois um hospital psiquiátrico antes de retomar sua vocação inicial. Num pequeno restaurante de madeira à beira do rio cintilante, dois alegres popes, de roupas pretas e barbas ruivas, entupiam-se de grelhados e cerveja. Sem prestar muita atenção, eu ouvia a tradução das afirmações aberrantes de um historiador local, talvez doente da cabeça, que afirmava que ali Trótski celebrava missas negras e cultuava Judas, para quem, aliás, teria mandado erguer uma grande estátua, felizmente destruída pela população da ilha logo depois de sua partida. E ao ver que eu contestava suas afirmações, nem por isso deixava de insistir em suas tolices, nas quais se mesclavam o ódio imemorial aos judeus e a lembrança dos cartazes de propaganda stalinista nos quais Trótski aparecia como um diabo inflamado, de cascos fendidos e cauda bífida, armado de um tridente e arrastando o pobre povo russo para o fogo do inferno.

Na descrição de Trótski, Larissa Reisner, que participa dos combates desde os primeiros tiros da Revolução, parece "uma deusa do Olimpo". Ele elogia sua "fina inteligência de aguda ironia e coragem de guerreiro". Participou da tomada da fortaleza de Pedro e Paulo, tornou-se a brilhante companheira de Fiódor Raskólnikov, que comanda a Frota Vermelha do mar Cáspio, o belo Fiódor dos olhos azuis, estudante pobre e órfão que foi ser marinheiro, atual comissário do Estado-Maior Geral da Marinha. Naquele verão de 1918 os dois têm vinte e seis anos e Trótski, trinta e nove. Desencadeiam o ataque fluvial, investem contra o kremlin branco de Kazan, cidade onde Tolstói passara a juventude, onde Lênin fora expulso da universidade depois de seu irmão Aleksandr ser enforcado por terrorismo.

Vencida, a legião tcheca recua, acompanhando a linha do Transiberiano para leste, na direção de Ekaterimburg, onde serão assassinados o último czar, que bem o merecia, e sua família, que deveria ter sido poupada, no fundo de um porão da casa do comerciante Ipátiev. E há alguns anos os devotos ergueram ali a Igreja do Sangue Derramado, situada, talvez por ironia, na rua Karl Liebknecht, cujo sangue também foi derramado. Mas sem menção a seu assassinato ou ao de Rosa Luxemburgo. Sem menção, também, ao Domingo Vermelho, aos mortos na neve depois que a multidão faminta foi pedir pão sob as janelas do Palácio de Inverno. Sem menção ao poema que lhe dedica Óssip Mandelstam: "Cada gorro de criança, cada luva, cada xale de mulher lamentavelmente abandonado nesse dia sobre a neve de São Petersburgo lembrava a todos que o czar devia morrer, que o czar morreria".

Subindo o Volga um século depois, a bordo da pequena embarcação tranquila dos barqueiros, é difícil imaginar o que foi libertar Kazan e arrancar dos tchecos o ouro do tesouro imperial. A cidade virou capital do Tartaristão mais ou menos independente. A mesquita Kul Sharif, presente do rei da Arábia Saudita, ergue suas altas cúpulas azuis até acima do kremlin branco e concorre ao título de maior mesquita do antigo império do ateísmo. Porque não seria possível parar, estando em tão bom caminho, e porque estou ali como convidado, porque os Estados fraternalmente reunidos da França e da Rússia, em sua generosidade, sugerem que o faça, e porque tudo isso não me custará um único copeque, lanço-me à conquista do leste, avanço em direção a Omsk e Novossibirsk. Durante a noite a ferrovia roça a fronteira com o Cazaquistão, para onde Trótski foi deportado dez anos depois da vitória de Kazan.

Em meu leito no Transiberiano, tal como nos tempos do trem blindado, espero imóvel que venham a mim as cidades lendárias e vernianas, as cidades da Sibéria proibidas para estrangeiros até o desaparecimento da União Soviética. Krasnoiarsk, a Cidade Vermelha, às margens do imenso rio Ienissêi, onde até hoje existem as ruas Marat e Robespierre e por todo lado estátuas de Lênin, e Irkutsk, onde pela primeira vez, usando o nome falso de Trótski, o jovem Bronstein embarcou neste trem. Os dois grandes centros administrativos do Gulag por onde passou Óssip Mandelstam, deportado por Stálin. Essas regiões míticas por onde corre Miguel Strogoff, mensageiro do czar. Júlio Verne, suficientemente confiante no próprio talento, mesmo tendo livre acesso a esses territórios na época, não considerara necessário deslocar-se, limitando-se a pedir a Turguêniev que revisasse seus escritos.

Depois são dias e noites avançando na barafunda das longitudes, o lento trajeto sobre a via estreita cercada pelas escuras florestas de lariços e pinheiros cujos galhos parecem ao alcance da mão, maciços de flores azuis e alaranjadas como grandes pinceladas de guache no verde suave de junho, avançando à altura de um cavaleiro e como ao passo calmo de um cavalo. Nem estradas nem cercas nem construções. Às vezes uma ponte sobre um rio e depois centenas de quilômetros de bétulas de tronco prateado. Pernas estendidas sobre a banqueta, sentado de frente para a grande janela retangular, relendo as primaveras de Tolstói, "sob a neblina azulada, o gelo se quebrava e torrentes espumosas escorriam de todo lugar", vendo florir sobre a página a beleza imensa da primavera russa e, de vez em quando, erguendo os olhos, vendo-a ali, enquadrada na grande tela retangular, emoldurada pelas cortinas bege, o coração dilatado de felicidade simples e pacífica, "pela manhã o sol se levantava claro, derretia rapidamente o gelo muito fino que cobria as águas, e a atmosfera aquecida estremecia, repleta dos vapores da terra rediviva. A velha grama amarelecida recuperava o verdor, os botões das groselheiras, das framboeseiras, das bétulas estufavam, e sobre os campos dourados zumbiam as abelhas". No ritmo cadenciado das rodas sobre as juntas dos trilhos, a taiga dos pinheiros, dos cedros e das faias negras. Enfim a Sibéria, o imenso setor virgem e vazio do planeta, desde o leito daquela estrada de ferro, bem ao sul, até o círculo polar. O trenó do proscrito Trótski em meio à floresta coberta de neve, e o lago Baikal que, sozinho, é do tamanho da Bélgica, o azul puro e infinito no qual grandes peixes de águas profundas um dia se alimentaram de legionários tchecos quando o gelo se quebrou, no verão de 1919, um ano depois de sua derrota em Kazan. E os sobreviventes haviam retomado a fuga desesperada à frente do Exército Vermelho que os seguia de perto, que avançava, que os empurrava para o Pacífico.

Às vezes, velhas mulheres curvadas sobre suas hortas na frente das isbás, povoados siberianos com casas de toras de pinheiro. Pequenas igrejas de madeira com telhados pintados de azul no centro de um cemitério. Bem alto no céu, fiapos de nuvens com reflexos de âmbar. À contraluz, em silhuetas negras, revoadas de gansos-bravos ou patos-selvagens. À beira do caminho, barris sobre rodas cheios de *kvas*, esse vinho de centeio que bebem em Cendrars. No relógio das estações o novo horário a cada manhã. Vendedores de cigarros e de vodca, de frutas e de cozidos. Os comboios, no sentido oposto, ao acaso das paradas, enchem-se de jovens soldados de calças quadriculadas e torso nu e branco, jovens recrutas lívidos esparramados sobre seus estrados ou sentados diante das tigelas de *kasha*, comandos *spetsnaz*, de elite, transportados para as guerras modernas da Chechênia, da Geórgia, da Ossétia do Norte. A grande locomotiva retoma seu caminho rumo ao Extremo Oriente russo, rumo a Ulan-Ude e à Buriácia, na fronteira com as estepes mongóis. Iurtas e cavalinhos atarracados e xamãs, claro, e nas prateleiras de minha cabine uma garrafa de vodca negra das montanhas

Altai, entre as prateleiras da biblioteca, obras de Tolstói e *Romance* de Sorókin, *A estepe vermelha*, de Kessel, *Elogio das viagens insensatas*, de Golovánov, e alguns Volodin com pseudônimos. Grande chocalhar dos engates durante a travessia do rio Amur. Depois de Khabárovsk, contornando a fronteira chinesa e descendo em cheio para o sul, depois de atravessar meio planeta e um buquê de fusos horários, o trem entra na estação de Vladivostok, porto do Leste, que Uboriêvitch, à frente das tropas do Exército Vermelho, tomou enfim, em outubro de 1922, cinco anos depois da Revolução de Outubro e quatro depois da vitória de Kazan.

Em 1937, enquanto Trótski, o vencedor de Kazan, está em Coyoacán na casa azul de Frida Kahlo, o valoroso Uboriêvitch, vencedor de Vladivostok, é condenado e executado por trotskismo. Só será reabilitado em 1957, ano da morte de Lowry, que chegou a Vladivostok em 1927 a bordo do cargueiro *Pyrrhus*. E do meu quarto no hotel Azimut, torre de concreto encarapitada no ponto mais alto da cidadezinha íngreme, não muito longe da fronteira com a Coreia do Norte, contemplando, da abertura envidraçada, os navios militares ancorados, eu imaginava Vancouver lá adiante, para além das águas cinzentas e frias do Pacífico, a Colúmbia Britânica com que sonha o Cônsul de Lowry: "Ah! A Colúmbia Britânica! Quem sabe essa Sibéria policiada que não era nem siberiana nem policiada, mas um paraíso virgem e talvez um paraíso inexplorável, não seria a solução? Voltar para lá, construir, se não na ilha, pelo menos em algum lugar, viver ali uma vida nova na companhia de Yvonne".

Depois dessa grande volta de roda-gigante que saía da Cidade do México via Moscou, aturdido de vertigem e cansaço, em pé ao amanhecer diante da abertura envidraçada do hotel Azimut, um cigarro na mão e a testa na vidraça, eu tinha a sensação de distinguir muito claramente no horizonte a cabana na praia de Dollarton onde Lowry terminou o *Vulcão*. Deixando a ilha de Vancouver, uma balsa, ou uma pequena embarcação completamente branca, transpõe o estreito da baía de Burrard, desce ao longo da costa norte-americana, contorna a Califórnia, segue viagem para Acapulco, onde Lowry começa a escrever o *Vulcão* — e descobre a presença de Trótski na Cidade do México.

## último amor

Enquanto Uboriêvitch, vencedor de Vladivostok, é executado na Rússia por ser trotskista, Trótski retoma pouco a pouco seu trabalho no México. Naquele ano Óssip Mandelstam ainda arrasta suas correntes no gelo siberiano de Kolimá. Morrerá de exaustão no ano seguinte. E também milhares de anônimos acusados de trotskismo, como se acusam os cães de estar contaminados pela raiva, sem que nunca antes tivessem ouvido essa palavra. Em *A vertigem na política dos expurgos*, Ievguênia Ginzburg, também ela presa em Kazan e deportada por trotskismo para além de Magadan, menciona a velha camponesa supostamente trotskista com quem cruzou numa prisão e que lhe perguntou:

—Diga, minha filha, você também é traktista?

A velha afinal dá de ombros:

—Quem inventou essa confusão toda? Na minha terra, as velhas não dirigem tratores...

Pouco a pouco, e desordenadamente, essas notícias chegam a Coyoacán. Trótski sabe que seu nome é apagado dos livros de história, que sua imagem é recortada das fotografias, que seus amigos e sua família são exterminados.

Está sentado em sua poltrona de vime no fundo do jardim da casa azul de Frida Kahlo, observa os pássaros que se banham nos tanques entre sapos e rãs.

É um jardim de contos populares ucranianos ou mexicanos, em que rãs e sapos, ao ganhar um beijo, transformam-se em príncipes e princesas. Sob a água tranquila, o sorriso largo de Larissa Reisner, a ondina, a brilhante companheira de Fiódor Raskólnikov. Depois da vitória de Kazan, o casal fabuloso fora enviado para o Afeganistão, encarregado de missões de espionagem e diplomacia. Os dois haviam se separado. Larissa vivera o novo fracasso da Revolução na Alemanha em 1923, publicara *Hamburgo no tempo das barricadas*. Mas é na euforia da plena juventude de ambos que ele os revê em Kazan, que se lembra dos artigos de Larissa para o *Jornal do Trem* e das frases que ela escrevera mais tarde em *No front*: "Com Trótski, era a morte em combate depois de atirar a última bala, era morrer no entusiasmo, sem pensar nos ferimentos. Com Trótski, era o *páthos* sagrado da luta, palavras e gestos lembravam as melhores páginas da Grande Revolução francesa".

E Trótski recorda que no meio daquele mundo de pólvora e morte "essa bela jovem, que encantara tantos homens, passou como um ardente meteorito pelo coração dos acontecimentos". Está sentado no jardim de Frida e vê Frida e reencontra as frases escritas depois da morte de Larissa. "Em poucos anos ela se tornara uma escritora de primeira grandeza. Saída ilesa das provas do fogo e da água, essa Palas da Revolução foi bruscamente consumida pelo tifo, na calma de Moscou: ainda não completara trinta anos."

Raskólnikov acreditava que bastava ser o herói de Kazan para denunciar os crimes stalinistas? Depois de acusar Stálin pessoalmente de ter abandonado os republicanos espanhóis, fora obrigado a fugir, morrera sozinho, em Nice, defenestrado de seu hotel, pelo GPU talvez, se é que não pulara por iniciativa própria, com a cabeça cheia das lembranças de Kazan e do sorriso de Larissa, das esperanças fracassadas das revoluções russa e espanhola. Trótski vê diante de si o sorriso da bela Frida das sobrancelhas muito negras, do melro na testa, da blusa indígena multicor, dos lábios vermelhos que talvez cantarolem. Já sente ciúme de Rivera. A linda princesa e o enorme sapo. As obras de Rivera veneradas por todo lado. A amizade de Picasso, de Braque, de Soutine, de Modigliani, com quem dividiu durante algum tempo o ateliê da rua du Départ, em Montparnasse, perto da rua d'Odessa, que foi o primeiro endereço parisiense de Trótski. Sente ciúme e se condena, está furiosamente apaixonado e se condena. A paixão e a razão se divorciam.

Tem cinquenta e sete anos e essa é a última coisa que esperava que lhe acontecesse. Livrou-se da neve e do gelo da Noruega, das garras do GPU de Stálin e da Gestapo de Hitler. Se nenhum país tivesse concordado em ceder-lhes um visto, o proscrito e Natália seriam devolvidos aos soviéticos e seria a morte na Rússia. Diego Rivera soube convencer o presidente Lázaro Cárdenas a acolher os dois fugitivos, usou seu enorme prestígio para salvar-lhes a vida, organizou sua hospedagem na casa azul da companheira. Graças a Rivera está vivo, mas loucamente apaixonado pela companheira de Rivera, pela Malinche, pela amante índia de Cortés que lhe abrira as portas do México, que enumerara para ele os deuses dos astecas e traduzira as palavras do imperador Moctezuma.

Quando o belo Van, o homem-orquestra, começa a trazer os livros e os arquivos, instala a biblioteca, Trótski recomenda certas leituras a Frida e esconde entre as páginas um poeminha ou palavras carinhosas. A paixão vai extraviá-lo durante seis meses. Frida se comove, em pouco tempo cede à paixão. Encontram-se às escondidas na casa da irmã de Frida, Cristina, na rua Aguayo, ou no quarto que a outra irmã, Luisa, disponibiliza para seus encontros clandestinos, perto do cinema Metropolitán. É sempre um bocado difícil levar uma vida dupla quando se está cercado de seguranças.

O confinamento da casa azul se torna penoso e Trótski foge, parte para seu último exílio amoroso, ao norte da Cidade do México, instala-se com seus seguranças numa granja de San Miguel Regla. Está sozinho diante de uma mesa encostada numa parede de argila amarela, escreve para Natália Ivánovna, que ficou sozinha em Coyoacán. Pela manhã manda selar um cavalo e cavalga a rédeas soltas no deserto. Chama Frida e é um encontro de ruptura. Cura-se pouco a pouco de sua paixão, escreve diariamente a Natália, recupera a razão, implora que o perdoe. O chefe do Exército Vermelho é um homem velho e sozinho que morrerá dali a três anos de um golpe de picareta na cabeça. Os dois decidiram não destruir as cartas escritas durante as poucas semanas de separação, cartas que parecem fazer parte de um romance russo de antes da revolução, de um romance de Tolstói, é *Anna Karênina* e a calma felicidade de um casal honesto diante das mortificações da paixão culposa:

Trótski, San Miguel Regla, 12 de julho de 1937: "Pois é, na imaginação eu havia visto como você viria me ver, como nos abraçaríamos com força, com um sentimento de juventude, como uniríamos nossos lábios, nossas almas e nossos corpos. Minha letra está deformada por causa das lágrimas, Natalotschka, mas será que há alguma coisa mais elevada do que as lágrimas? Mas vou recuperar o controle de mim mesmo".

Natália Ivánovna, casa azul, 13 de julho de 1937: "Tomei Phanodorm. Três horas depois, acordei ainda sentindo a mesma farpa. Tomei algumas gotas. Estou tão perto de você, não me separo de você. Minha 'distração', meu apoio, minha força, são as cartinhas que você me manda. Como me deixam feliz, mesmo sendo bem tristes. Volto correndo para casa para poder lê-las agora mesmo".

Trótski, San Miguel Regla, 19 de julho de 1937: "Reli sua carta pela segunda vez. 'Todas as pessoas são, no fundo, terrivelmente sós', você escreve, Natalotschka. Minha pobre, minha velha amiga! Minha querida, minha bem-amada. Mas para você não houve, e não há, somente solidão, ainda vivemos um para o outro, não? Recupere-se, Natalotschka! Preciso trabalhar. Abraço você com força, cubro de beijos seus olhos, suas mãos, seus pés. Seu velho L".

Trótski volta para Coyoacán. Tudo torna a ser como antes. Mais tarde, no entanto, virá a ruptura com Diego Rivera. De tudo isso o belo Van, que muito mais tarde escreverá suas *Memórias* e mencionará o divórcio de Diego e Frida, é testemunha privilegiada: "É possível que essa crise conjugal tenha sido provocada pelo que Rivera ficou sabendo, de um modo ou de outro, sobre o passado. Seu ciúme era extremo, se bem que ele mesmo traísse Frida o tempo todo (ou talvez por isso mesmo). O fato talvez explicasse sua bizarra evolução política". Trótski e Natália deixarão a casa azul de Frida, trocarão a rua Londres pela rua Viena, a algumas centenas de metros, na Colonia del Carmen.

## o inimigo de classe desembarca em Acapulco

Também para ele as coisas não vão muito bem, no quesito casal. Acaba de sair de Hollywood, onde procurou em vão um contratinho como roteirista. Jan e Lowry desembarcam do navio *Pennsylvania* no meio de uma grande nuvem de borboletas-amarelas que revoluteia sobre as águas azuis do Pacífico. Entram na baía de Acapulco no dia primeiro de novembro, Dia de Todos os Santos, ou talvez no dia 2, Dia dos Mortos, atravessam o porto em meio às cerimônias fúnebres e às músicas alegres, aos fogos, aos tambores e à fumaça verde, vermelha e branca. Os dois gringos com a bagagem coberta de etiquetas se dirigem para o hotel Miramar. Os saltos altos dos escarpins vermelhos entortam nas frestas do calçamento. Jan, que ele transformará em Yvonne no *Vulcão*, é "dessas mulheres americanas de movimentos ágeis e graciosos, rosto limpo e radioso de criança sob o bronzeado, de pele suave e luminosa, de uma luminosidade acetinada".

Lowry tem vinte e sete anos, físico de boxeador, dedos curtos demais para conseguir uma oitava no piano ou no ukulele. Acaba de passar por um primeiro tratamento de desintoxicação alcoólica. Nunca até hoje ganhou um tostão que seja, vive da mesada que o pai faz chegar a suas mãos todos os meses graças a contadores obsequiosos, nas diferentes agências de um banco inglês, e seu amigo Davenport, dos tempos de Cambridge, lembra-se que um dia, ao sair de sua barafunda de livros, discos de jazz e garrafas, "ele foi forçado a entregar o jogo, pois eu devia acompanhá-lo à City. No mais lúgubre dos escritórios, na Leadenhall Street, entrou a passos rápidos, trocou três palavras com o contador-chefe e pegou o envelope que lhe estendiam, que devia conter setenta libras".

Em volta deles, o cenário será o de um filme de John Huston, *À sombra do vulcão*, índios às pencas, silenciosos, imóveis diante de músicas atrozes e de crânios de açúcar branco, o pequeno caixão negro de uma criança todo enfeitado com rendas brancas, velas, tiros para o alto, esqueletos dançantes de papelão de La Catrina. Aqueles dois não são nem proscritos nem fugitivos. Desembarcam no México porque as bebidas ali são mais baratas. Desde que se casaram em segredo, são dois que não ganham um tostão.
 É o dia seguinte do regresso de Antonin Artaud para a Europa, *huizache* em chamas, fulminado, vindo também ele calcinar os nervos no México e compor suas *Mensagens revolucionárias*. Lowry, como Artaud, depois terá estertores sob os eletrochoques. Ainda não sabe. Como não sabe que Traven, um de seus heróis literários dos tempos de Cambridge, com outro nome, vive não longe de Acapulco, enfiado no fundo de um sítio. Na época, Lowry se autointitula "conservador anarcocristão". Sua vida poderia ser um elogio ao capitalismo selvagem e à exploração do proletariado por ricos industriais ingleses, a vida de um antissocial depravado e alcoólatra que não teria durado muito no paraíso socialista, um inútil sustentado pela família que não teria sido admitido na União dos Escritores, com *datcha* e salário mensal garantidos, para celebrar com o romance realista e otimista o poderio das massas em ação numa sintaxe repisada, com prazo de validade. Só que em vez dessas porcarias ele vai escrever o *Vulcão*.

Depois de descobrir *Blue Voyage*, Lowry quisera encontrar o autor do romance, Conrad Aiken, e aprender com ele. Arthur Lowry, o pai, aceitara pagar um salário a Aiken, com a condição de que este supervisionasse o uso que o filho fazia de sua mesada, impedisse o filho de se arruinar e, por que não, também lhe ensinasse a profissão de romancista, que, afinal de contas, acaba sendo uma profissão. Mas dá para imaginar o desdém do corretor de algodão assinando os cheques para Aiken em seu escritório de Liverpool. Lowry embarcara com destino a Boston, instalara-se perto de Aiken em Cape Cod, fumara alguns Balkan Sobranie sobre os deques arenosos conversando sobre literatura, mais tarde acompanhara Aiken à Espanha, conhecera Jan nos jardins do Alhambra. Foi em julho de 1933. Naquele mesmo mês, o partido nazista se torna partido único na Alemanha.

O mundo, outra vez, avança velozmente para a guerra. Aqueles ricos desocupados continuam em férias como se ainda estivessem nos Anos Loucos, com cupês Panhard, os cabelos das garotas cortados *à la garçonne*, saltos altos e vestidos leves no convés dos navios, flertes e piteiras de marfim. À noite vão ouvir flamenco entre os ciganos do outro lado do regato, veem o sol se pôr atrás das muralhas do Alhambra e sobre as palmeiras, diante da neve rosada no horizonte. Fazem brindes ao pai, já que, de Liverpool, é sempre o pai que banca.

Mais lúcido, naquele mesmo verão Trótski recebe Georges Simenon na ilha de Prinkipo e lhe concede uma entrevista. Diz que está pronto para retomar o trabalho em Moscou, assim que as condições permitirem. Redige às pressas *O que é o nacional-socialismo?* e esta frase: "O tempo de que a Alemanha necessita para se armar fixa o prazo que nos separa de uma nova catástrofe europeia. Não falo de meses nem de decênios. Alguns anos bastam para que a Europa esteja novamente mergulhada na guerra".

Nesse verão de 1933, depois de tê-lo expulsado em 1916 e devolvido às autoridades espanholas, a França, na pessoa do secretário-geral do Quai d'Orsay, Alexis Léger, que publica com o pseudônimo de Saint-John Perse, a França, portanto, que durante algum tempo aposta na derrota de Stálin, decide conceder um visto para "Léon Trótski, escritor", e, até sua morte, o pseudônimo russo ficará unido, em seu passaporte, a esse prenome francês. Trótski abandona em seguida seu exílio turco, embarca no navio italiano *Bulgaria* com destino a Marselha, dá início a uma longa errância pelo interior do país, sendo que em um ano passará pelas cidades de Bordeaux, Mont-de-Marsan, Bagnères-de-Bigorre, Tarbes, Orléans, fixará residência durante algum tempo em Saint-Palais, perto de Royan, depois num refúgio em Barbizon, antes de fugir para Grenoble, passando por Lyon e, depois de mais uma vez raspar o cavanhaque, finalmente ir parar na Noruega.

Agora estamos em 1937.
 Depois de cada um percorrer o planeta, o escritor russo e o escritor inglês estão no México. Saindo de Acapulco, Jan e Lowry tomam o ônibus para Cuernavaca e depois Cidade do México. No dia primeiro de cada mês, o filho vai receber os cento e cinquenta dólares enviados pelo pai na agência do Banco Nacional do México, à rua Isabel La Católica. A cada mês, Jan e Lowry hospedam-se por alguns dias no hotel Canadá, avenida Cinco de Mayo.
 Ei-los, Lowry e Trótski *en la misma ciudad*.

## Lowry & Trótski

Não é a primeira vez que esses dois estão ao mesmo tempo na mesma cidade. Três anos antes, Jan e Lowry moravam na rua Antoine-Chantin, no décimo quarto *arrondissement* de Paris. *Ultramarina* acaba de ser lançado pela Jonathan Cape. Lowry conseguira fazer seu romance ser aceito como trabalho de fim de curso em Cambridge, obtivera com ele um diploma de literatura inglesa de terceira categoria, insígnia atribuída mais à classe social que ao estudante, como se passa de pai para filho a gravata do clube, e convencera o pai de que, sendo escritor, era em Paris que teria de estar, sendo Paris a capital das Letras. E o salário de anjo da guarda passara de Conrad Aiken para Julian Trevelyan, pintor inglês surrealista, amigo de Max Ernst e Joan Miró. Jan e Lowry haviam se casado sem o conhecimento do pai, na prefeitura do décimo quarto *arrondissement*, no dia 6 de janeiro de 1934.

Quanto a Trótski, para quem a permanência na capital estava proibida mas que, periodicamente, deixava seu refúgio junto ao bosque em Barbizon para participar de alguma reunião clandestina, encontrar Simone Weil ou visitar os buquinistas, na cidade onde o rio ainda corre entre duas fileiras de livros, a França de novo hesitava. Sem desdizer a palavra dada ou cancelar o visto, examinava-se a possibilidade de afastar Trótski para o Taiti, por que não, para Madagascar ou para a ilha da Reunião, já que tudo isso também era França. Malraux se insurge.

É o ano de *A condição humana*, e as tribunas estão ao seu dispor. Foi ao encontro de Trótski em seu retiro em Saint-Palais. Isso se passa antes da Guerra da Espanha e dos aviões e das metralhadoras. É um artigo, mas relendo-o hoje percebe-se o fraseado de um discurso, a voz poderosa e a escansão enfática do ministro gaullista, veem-se mãos trêmulas passando pelo rosto ou afastando a mecha de cabelo, puxando o lobo da orelha, o trecho está em *Marianne*: "Devemos reconhecer um dos nossos em cada revolucionário ameaçado; o que se persegue em vocês em nome do nacionalismo, no momento em que não falta respeito pelos reis da Espanha protetores dos submarinos alemães, é a Revolução. Haverá neste verão em Deauville meios para reconstruir o jardim dos reis de Voltaire; mas nas prisões e nos albergues miseráveis há também meios para formar um exército de revolucionários vencidos. Sei, Trótski, que suas ideias só esperam o triunfo por obra do destino implacável do mundo. Possa sua sombra clandestina, que há dez anos erra de exílio em exílio, ensinar aos operários da França e a todos os que são movidos por esse obscuro desejo de liberdade iluminado pelas expulsões, que unir-se num campo de concentração é unir-se tarde demais".

Exatamente um mês depois do casamento de Jan e Lowry, no dia 6 de fevereiro de 1934, Maurice Nadeau, que acaba de escrever para a revista *La Vérité* duas críticas elogiosas de *A condição humana* e *Minha vida*, tem um encontro marcado com Trótski. Há tiroteios por todo lado no frio de fevereiro, e o contato é cancelado. O exército está nas ruas. Trótski julga mais adequado ficar em Barbizon. Um ano depois da ascensão de Hitler ao poder, Paris está no fio da navalha entre a extrema direita e a extrema esquerda, e as manifestações degeneram, tornam-se mortíferas. Tudo isso acontece quinze dias, exatamente, antes do assassinato de Sandino em Manágua, Nicarágua, que não suscitará maiores inquietações na Europa.

Iniciado no trotskismo e na literatura por Pierre Naville, Maurice Nadeau será depois o editor do *Vulcão* em francês, encontrará o clandestino Victor Serge na saída do metrô Odéon, sob a estátua de Danton, e Serge lhe confiará, para publicação em *La Vérité*, suas traduções de Trótski, e também encontra Simone Weil, que abandonará o ensino da filosofia para tornar-se operária na Renault, e de quem Maurice diz que na época "era mais trotskista que todo mundo".

Depois da guerra, em 1949, Lowry voltará a Paris por seis meses sob o pretexto de assessorar Clarisse Francillon, a quem Maurice confiou a tradução do *Vulcão*. E sessenta anos mais tarde, em 2009, estamos sentados no banco de trás de um possante carro preto perdido nas estradinhas à beira do Loire, avançando rumo a Chinon, em busca de Saumur. A luz de junho projeta reflexos sobre o rio calmo e as pedras brancas das cidadezinhas. Vamos prestar homenagem a Lowry, no centenário de seu nascimento, na abadia de Fontevraud, onde estão os túmulos dos Plantagenetas. Maurice também fora o primeiro editor de outro romance de Lowry, *Lunar Caustic*, cujo herói se chama Bill Plantagenet.

Em seu apartamento da rua Malebranche, perto do Panthéon, esse curioso apartamento lotado de estantes e arquivos onde era possível passar por todos os aposentos sem nunca voltar pelo mesmo caminho, desde que se atravessasse o banheiro, equipado com duas portas, e também o quarto de Maurice, cheio de livros, expus-lhe o projeto de reunir as vidas de Lowry e Trótski e pedi sua opinião, a ele que era sem dúvida a única pessoa no mundo a ter estado igualmente próximo das duas obras e dos dois escritores. Nas prateleiras, bem visível, uma fotografia de Trótski no meio de uma coleção de estatuetas. Maurice procurara, para me mostrar, algumas cartas de Lowry. Sentados frente a frente na cozinha diante de um bife com fritas, tentamos juntar as pontas, ele a História e eu a Geografia. Eu estava chegando do México e Maurice, dos anos 30. Maurice jamais pronunciou *Uarraca* para dizer Oaxaca, e continuava pronunciando *Oac-saca*.

É sempre, como diz Roland Barthes em *A câmara clara*, a tal história de ver os olhos que viram os olhos. Diante de mim que mal começava, os olhos quase centenários de Maurice haviam visto os olhos de Jorge Luis Borges e Henry Miller, de Benjamin Péret, Tristan Tzara e André Breton, de Queneau, Bataille, Blanchot, Michaux, Artaud e muitos outros. Desde nosso primeiro encontro ele dissera sorrindo que eu lembrava Henri Barbusse, alguma coisa no rosto e nos gestos, nas mãos, e mais tarde eu conseguira um filmezinho em preto e branco feito nos anos 30 em Moscou sobre o autor de *O fogo*, sem experimentar propriamente uma vertigem de *Doppelgänger*.

Esses encontros eram fraternais e desde o primeiro dia Maurice impusera entre nós um tratamento informal, sem dúvida porque pertencíamos a essa estranha confraria que ele descreve no começo do prefácio que escreveu para o *Vulcão*: "Existe uma estranha confraria: a dos amigos de *À sombra do vulcão*. Não se conhecem todos os membros e eles mesmos não se conhecem entre si. Mas basta que, numa assembleia, alguém pronuncie o nome de Malcolm Lowry, cite *À sombra do vulcão*, e eis que eles se agregam, se isolam, comungam em seu culto". *We band of brothers*.

Maurice me repetia que era preciso ler o livro inúmeras vezes, como todos os grandes romances, elogiava Max-Pol Fouchet, que esperara a sexta leitura para escrever esse texto iluminado em que apareciam Rimbaud, a ideia de caridade e o álcool místico. Num outro dia estávamos sentados na sala. Ele me deu um livro de Pierre Naville esgotado havia muito tempo, *Trótski vivo*, no qual Naville evoca seu primeiro encontro com Trótski em Moscou em 1927, antes de sua queda, no escritório dele no Kremlin: "Trótski não vestia a túnica militar com que as fotografias nos familiarizaram, mas uma jaqueta esporte cinza com uma gravata em tons de rosa", e também seu primeiro encontro com Maiakóvski: "O cumprimento de Maiakóvski me calou

fundo. Esse poeta, ao lado de Trótski, é o único homem *de alto calibre*, como dizíamos na época, que é possível encontrar em Moscou. Dois anos depois ele se suicidou. Os lacaios do regime o chamaram de covarde e Trótski lhe dedicou um artigo nobre e claro. Aquela alma e aquele espírito haviam se cruzado diante de mim".
Depois, meus encontros com Maurice rarearam. Na última vez, nos encontramos por acaso, ele já centenário, no ponto de táxi do Lutétia, no *boulevard* Raspail, sob o toldo, porque chovia. Ele me perguntara a quantas andava meu *Lowry & Trótski*. Eu estava ocupado com outro livro na Ásia. Ele vestia sua jaqueta de couro preto de rebelde, deu de ombros, embarcou em seu táxi.

Naquele início de 1934, no momento do encontro não ocorrido entre Maurice e Trótski, quando eclodem as manifestações em Paris, Jan, a recém-casada, já considera que está demorando demais a tal erupção do gênio. Talvez imaginasse um livro por mês e o champanhe com os editores. Ei-la casada com um bêbado tantas vezes ausente. Lowry adora andar pela cidade, vai em busca dos pequenos bares dos operários, bebe sempre em pé, direto no balcão, vinho tinto, até ser obrigado a deitar-se no chão, sobre a serragem. Não demora e Jan se despede de seus amantes parisienses, desce para o Havre e embarca para Nova York a bordo do *Île-de-France*.
Quando chegam ao México, estão fazendo uma nova tentativa. Entre Acapulco e a Cidade do México visitam Cuernavaca, veem o palácio de Cortés e os murais de Diego Rivera, alugam uma casa cercada por um jardim, que Jan guardará na memória, "com uma vista esplêndida para os dois vulcões, o Popocatépetl e o Iztaccihuatl, e à tarde, quando o sol começava a baixar, era maravilhoso sentar-se ali com um copo na mão e escutar o zumbir dos insetos embaixo, no jardim, ver os colibris, e simplesmente respirar o ar puro e ouvir o barulho dos cascos dos cavalos ao longe".
Na volta de uma de suas viagens de ônibus para ir receber a mesada na Cidade do México, Lowry escreve uma

pequena novela, algumas páginas, um acontecimento das páginas policiais, um cavaleiro morto à beira da estrada, um pobre *pelado* que tem seus poucos pesos roubados. Dá à novela o título *Under the Volcano*, deixa-a de lado, tira da bagagem o manuscrito do *Ballast* e a Remington portátil. E depois acontece o milagre de Cuernavaca.

Como uma matriz fibrosa num pote de vinagre, a novela se ramifica, preenche seu espírito. Lowry abandona o *Ballast*, faz a ronda dos bares. Está convencido de que, se estiver feliz, estará perdido para a literatura. Jan se locupleta de amantes e ele de mescal, e cada uma dessas atividades provoca a outra. Ele monta acampamento na varanda, escuta os saltos altos vermelhos da traição batucando sobre o piso e sobre sua caixa craniana. Quando Conrad Aiken o visita, encontra Lowry "lutando teimosamente, sem trégua, com sua insaciável visão, naquele ninho de velhos trapos, farrapos velhos, onde passava a maior parte do tempo, na varanda da casa".

Aiken, em suas lembranças, também fala das múltiplas infidelidades de Jan, de suas partidas silenciosas para a estação rodoviária e seus retornos silenciosos e orgulhosos alguns dias depois, e Lowry sempre na varanda, sentado diante da Remington, dirigindo-se a Deus por escrito, implorando-Lhe, *my Sweet Lord*, "Caro Senhor Deus, muito seriamente, suplico que me ajude a terminar esta obra, mesmo que ela seja ruim, caótica e pecadora, de modo que Teu olhar possa aceitá-la". Naquele verão de 1937, enquanto Trótski tenta esquecer Frida Kahlo na *hacienda* de San Miguel Regla, a novela já se tornou um romance curto. O nome de Trótski ainda não aparece nele. Segundo Aiken, leem-se no texto versos do *Fausto* de Marlowe. Serão necessários dez anos para que Lowry transforme sua novelinha num dos maiores romances do século XX, expressão um pouco em desuso hoje, porque o que Lowry imagina é uma vez mais revolucionar a arte da prosa poética, um sonho tão grande, magnífico e inacessível quanto o da Revolução Permanente de Trótski.

## no Hipódromo

O ritmo da chuva tamborilando na terra se torna encantatório. Na Cidade do México as tempestades têm a violência das monções, depois cessam e o sol reaparece. Pequenos lagartos fogem das folhagens molhadas e sobem pelos troncos. No terraço do La Selva, um violonista perturba muito de leve os clientes, toca melodias lacrimosas e cantarola *corridos* até ganhar o suficiente para pagar um café com leite, enquanto as trombas d'água caem das árvores e fervilham na sarjeta. Um cachorro vira-lata se abriga debaixo da mesa.

É nesse bairro do Hipódromo que um dia, depois de telefonar para ele e expor um projeto ainda bastante vago, eu convidei para um primeiro almoço Vsiévolod Vólkov, hoje Esteban Vólkov, que já foi Sieva, o neto do proscrito, o último sobrevivente da linhagem exterminada, ferido na casa de Coyoacán por ocasião do primeiro atentado, em maio de 1940. No terraço do restaurante, ele evocou pacientemente a história sangrenta de sua família. Alto, cabelo branco, olhos muito azuis e sorriso caloroso, seu rosto é o dos últimos retratos do proscrito, mesmo sendo hoje octogenário e mais velho do que Trótski jamais foi.

Sua mãe, Zinaida, que todos chamavam de Zina, era filha da primeira companheira de Trótski, Aleksandra Lvovna. Zinaida nascera na Sibéria durante o banimento de seus pais, antes de Trótski fugir sozinho para retomar suas missões revolucionárias na Europa. Casara-se mais adiante com Platon Vólkov, que morreria também, vítima do mero crime de ser genro do proscrito. Sieva nascera quando as coisas já não andavam bem, pouco antes da deportação do avô para Alma-Ata, depois para Prinkipo. Em 1931, Zinaida, com tuberculose, obtivera autorização para juntar-se ao pai em seu exílio turco. Stálin exigira que ela só levasse consigo um dos dois filhos, e ela o escolhera, o menorzinho, então com cinco anos, e deixara para trás a irmã, a pequena Aleksandra, que nunca mais tornaria a ver.

Durante a temporada na Turquia, Zinaida, como todos os outros membros da família, foi destituída de sua cidadania e a volta se tornara impossível. Suicidou-se em Berlim em 1933, antes da ascensão de Hitler ao poder. Sieva foi mandado para Paris, onde viveria com o meio-irmão, Lev Sedov, filho de Trótski e Natália Ivánovna, até a morte de Lev numa clínica, assassinado aos vinte e nove anos pelos agentes de Stálin, e em seguida foi parar num orfanato sob o pseudônimo de Steve Martin. Do México, Trótski entrara com um processo e obtivera a guarda da criança. Alfred Rosmer, velho companheiro dos tempos do trem blindado, acompanhou Sieva de Paris até Coyoacán. A partir daquele momento Sieva viveu na casa da rua Viena, com o avô, até o assassinato deste, em agosto de 1940.

Seu pai, Platon Vólkov, morrera nos campos siberianos, assim como o segundo filho de Trótski e Natália Ivánovna, Serguei, deportado para a região de Krasnoiarsk, e, diante dessa hecatombe, dessa obstinação em exterminar toda a sua família, todos os seus amigos, todos os seus apoios, todos aqueles que um dia haviam cruzado seu caminho, isso porque Stálin não conseguia ainda atingi-lo, ele, Trótski, pela primeira vez, esteve a ponto de desistir, pensou em suicidar-se, escreveu a respeito do último filho, Serguei: "Se eu morresse, será que ele seria libertado?".

Depois havíamos falado um pouco sobre a atualidade, talvez tenhamos evocado a prisão recente de um poeta canibal. Eu voltei para meu apartamento, para minhas cadernetas de capa de couro e meus blocos de rascunho, organizei minhas anotações e, como tantas vezes, fitei a fotografia em preto e branco sobre uma das prateleiras, tirada em Cuernavaca nos primeiros dias depois da chegada de Jan e Lowry. Estão sorridentes. Lowry veste uma bermuda. O torso nu é maciço. Jan está de vestidinho de verão. Em primeiro plano, um cinzeiro cheio e uma garrafa começada de tequila El Centenario, duas atividades associadas que produzem poucos indivíduos centenários. Voltei a sair no fim da tarde para o cheiro de terra molhada, o sol já em declínio brincando nos galhos, retomei meu percurso pelo antigo hipódromo havia muito engolido pela urbanização e cujo formato ainda é visível no mapa da cidade, quando visto de avião.

A avenida México traça um primeiro anel oval em torno do parque San Martín e talvez tenha sido a pista de corrida dos cavalos, se não foi a avenida Amsterdam, que traça, em torno da avenida México, um segundo anel oval bem maior, com um percurso de dois quilômetros, uma pista dupla em duas vias para os carros tendo entre elas um canteiro central cimentado para os pedestres, oculto pela vegetação, palmeiras e pinheiros, cactos e flores, no meio dos quais picotam rolinhas cinzentas mosqueadas como as que aparecem no *Vulcão*.

É reconfortante percorrer diariamente essa rua e voltar ao ponto de partida sem nunca dar meia-volta, unir a praça do vulcão Iztaccihuatl à praça do vulcão Popocatépetl, cada uma dessas praças sombreada por grandes árvores e dotada de bancos, sob o frescor dos chafarizes dos gazebos, é reconfortante dar voltas e divagar. E por ocasião desse exercício cotidiano, quase kantiano, mãos nos bolsos, às vezes às costas, aproveitar a livre associação de ideias propiciada pela caminhada e tentar imaginar por que Plutarco teria podido escolher Lowry e Trótski para suas *Vidas paralelas*. Aquele que age na História e aquele que não age.

Em 1937 a cidade já era imensa, bem como a grande avenida retilínea Insurgentes, de mais de setenta quilômetros, da qual percorro às vezes algumas centenas de metros, até chegar ao pequeno parque triangular Juan Rulfo. A mudança mais notável, de 1937 para cá, talvez seja a circulação de automóveis no solo e os helicópteros dos banqueiros e dos chefões dos cartéis do tráfico no céu. Mas ao longo do oval da avenida Amsterdam, o que nos vem à cabeça são os fantasmas dos cavalos que galoparam ali e nunca mais voltarão, como se os cavalos, que abandonaram a História, também devessem abandonar um dia as páginas dos romances.

Aqui vemos passar sob as árvores o grande cavalo de Rimbaud, que "dispara pela grama suburbana e ao longo de lavouras e bosques, atingido pela peste carbônica", o de William Blackstone, o erudito de Cambridge que partiu, como Traven, para viver entre os índios e galopar em seu cavalo fogoso pelas pradarias. Os cavalos de Pancho Villa e Emiliano Zapata, as cavalgadas de Sandino na poeira da Nicarágua, e, em Tolstói, as corridas na pista elíptica de Krásnoie Sieló, quando "a agitação do cavalo contagiava Vrônski. Seu sangue afluía para o coração e também ele, assim como sua montaria, queria movimentar-se e morder. Estava inquieto e feliz".

Todos ainda sabiam como era o cheiro do couro úmido e dos estábulos, e as espirais das moscas no verão em torno das testeiras suadas. Talvez sejam essas as frases que Trótski apaixonado revolve no espírito quando bruscamente, como escreve o belo Van, seu guarda-costas, "começou a chicotear seu cavalo, soltou brados em russo e partiu a galope. Eu estava longe de ser um cavaleiro experimentado, mas não podia hesitar. Chicoteei meu cavalo. Eis-me a galope, tentando me equilibrar sobre a sela. Meu revólver balançava ao lado. Se me saí sem incidentes, foi sem dúvida porque tinha uma boa montaria. Trótski e eu galopamos assim, eu a segui-lo com dificuldade, e depois de algum tempo chegamos à estrada que vai da Cidade do México a Taxco. Dali em diante seguimos num grande galope ritmado até a entrada de Taxco". E eu também via trotarem os cavalos de Hugh e Yvonne em Cuernavaca no início do *Vulcão*, "como tudo isso poderia ser maravilhoso se eu cavalgasse assim eternamente à luz deslumbrante de Jerusalém", e o cavalo roubado do *pelado*, marcado com o número 7, assim como o cavalo que Vrônski, o amante de Anna Karênina, mata de exaustão durante a corrida, o cavalo do *pelado* que se transformará no mensageiro do destino e matará Yvonne no fim do *Vulcão*.

Todos os dias, concluído meu percurso hípico, paro no terraço do La Selva, na esquina da rua do vulcão Iztaccihuatl, esse café que tem o nome do Cassino de La Selva de Cuernavaca onde tem início o *Vulcão*, no Dia dos Mortos, hotel-cassino que hoje não existe mais, ocupado por um supermercado no qual me lembro de ter entrado para comprar vinho branco seco, e, sentado nesse terraço do La Selva, ouço o violinista repleto de piedade que é a última pessoa a dirigir-se ao Cônsul no *Vulcão* antes que os fascistas sinarquistas que o injuriam, espancam e chamam de Trótski no fundo do Farolito o matem com um tiro de pistola, joguem seu corpo no fundo da ribanceira e por cima um cachorro morto.

Nesse bairro cosmogônico do Hipódromo que parece cenário do *Vulcão*, as duas praças circulares, com os nomes dos dois vulcões que se erguem sobre Cuernavaca, gravitam como elétrons ou planetas na elipse da avenida Amsterdam, em órbita em torno do núcleo solar do parque onde antigamente havia salas de pesagem e guichês de apostas, esse parque que se tornou jardim do Éden, como aquele em que Lowry lê uma tabuleta que transforma em injunção bíblica, "*¿Le gusta este jardín, que es suyo? ¡Evite que sus hijos lo destruyan!*",[1] o grande dedo de Deus brandido do triângulo no meio das nuvens, a ordem de dar o fora do paraíso imerecido. Bem mais persuasivo e educado do que os estúpidos *Don't walk* ou *Pelouse interdite*,[2] lê-se aqui, no

---

1. "Agrada-lhe este jardim, que é seu?! Evite que seus filhos o destruam!" (N. T.)
2. "Não pisar"; "Proibido pisar na grama". (N. T.)

parque San Martín, esta outra placa, datada de 1927, que só podemos endossar:

EL RESPETO A LOS ARBOLES,
A LAS PLANTAS Y AL PASTO
ES SIGNO INEQUIVOCO DE CULTURA[3]

Há dias eu não tomava o metrô nem entrava num carro. Uma noite volto de Coyoacán com Mario Bellatin, escritor mexicano nascido no Peru, ele ao volante e no banco de trás seus três cachorros, um deles um pelado mexicano, um *xoloitzcuintle*. Mario passa o braço esquerdo sadio por cima do braço direito mecânico para acionar a alavanca do câmbio e me dá, certamente com um terceiro braço, um livrinho que acaba de publicar, ilustrado com fotografias: *Sin fecha de caducidad*.

Derrubaram uma parede, encontraram um banheiro escondido na casa azul de Frida. Em 1955, um ano depois da morte de Frida, quando a casa azul ia se transformar num santuário, o museu Casa Azul, Diego Rivera amontoara nesse banheiro, antes de emparedá-lo, diversos objetos que pretendia subtrair à mostra; depois, em 1957, com a morte de Diego, o assunto ficara esquecido. Encontraram-se no local caixas de papelão empilhadas, cheias de cartas e fotografias, baús e centenas de desenhos, vestidos, uma perna mecânica, um retrato de Stálin, uma tartaruga seca, espartilhos de couro e metal que Frida usava desde seu acidente no bonde até acabar a vida numa cadeira de rodas, e também uma grande quantidade de frascos de Demerol, alguns frascos cheios, outros começados — analgésico que, ao que parece, ela consumia em grandes quantidades e do qual fazia enormes provisões.

Folheando o livro de Mario, lembrei-me de que o Demerol é um produto mencionado por William Burroughs em seu romance *Junky*. Ele o utilizava para substituir a

---

3. "O respeito às árvores, às plantas e ao gramado é sinal inequívoco de cultura". (N. T.)

heroína, e sua ingestão acalmava seus tremores furiosos nos raros períodos em que tentava largar a droga. Produto calmante que lhe fez falta, sem dúvida, naquele dia de setembro de 1951, no bairro de La Roma, bem perto de La Condesa, do outro lado da avenida dos Insurgentes, quando, brincando de Guilherme Tell com uma pistola, acertou uma bala na cabeça de sua mulher e a matou.

O Demerol de Frida continua operacional, diz Mario, pois nas embalagens há uma etiqueta que diz *Sin fecha de caducidad*, *Sem data de validade*, palavras que decidiu utilizar como título de seu livro. E o Demerol de Frida ainda seria capaz de acalmar nossas dores. Falamos dos amores impossíveis de Frida e Trótski. Passando novamente o braço bom por cima do braço mecânico para puxar o freio, Mario estaciona na frente de meu apartamento do Hipódromo.

Depois de ter julgado necessário atravessar de trem a Rússia e a Sibéria para ler Trótski, pareceu-me adequado saber no que Lowry molhava os lábios para escrever sua "fantasmagoria mescaliniana", e empreendi a leitura das trezentas páginas de uma obra de Rogelio Luna Zamora, *La historia del tequila, de sus regiones y de sus hombres*. Lowry, que nunca aprendeu direito o espanhol, confunde o peiote com o agave e supõe que no fundo de seu mescal está a mescalina. Confusão que não cometem nem Burroughs, sempre enfiado em suas enciclopédias de botânica e de armas de fogo, nem Huxley, que também esteve no país para iluminar-se em mexicolor e escrever *As portas da percepção*, palavras que tomou emprestadas de William Blake e que o poeta Jim Morrison transformará em nome de sua banda de rock. *We band of brothers*. E eu, por minha vez, preocupado em compreender os homens, e entre eles nossos irmãos que bebem, incrementei essa leitura científica com grande quantidade de exercícios práticos, por puro amor à verdade literária, exercícios que demonstravam que a melhor bebida era aquela cuja etiqueta eu na mesma hora copiara em minha caderneta para não esquecer nunca mais: Perlado, Mezcal Artesanal, Espadín, Alberto Juan, Maestro Mezcalero, Oaxaca.

## agave

*Nem uma gota de mescal que eu não tenha transmutado em ouro puro*
*Nem um só copo de álcool que eu não tenha feito cantar*
MALCOLM LOWRY

Cave um buraco. Enterre um abacaxi. Deixe aflorar apenas o tufo de folhas espinhosas, em roseta. Você tem entre os pés uma espécie de agave bonsai. Pode pegar de volta o abacaxi. Ele jamais crescerá. Era só para dar uma ideia do crescimento do agave segundo Rogelio Luna Zamora: se fosse um agave azul, Tequilana Weber azul, ao cabo de alguns anos você veria suas folhas farpadas de baixo para cima.

Conhecem-se dezenas de espécies de agave e os indígenas os chamam de *magueyes*. Eles tiram da planta uma parte considerável de sua vida material e de suas bebidas alcoólicas. Tal como o cacto-candelabro verde, o agave zomba dos solos pobres e pedregosos em que nada mais cresce. Ocorre em abundância nas zonas áridas em torno de Guadalajara, cuja etimologia árabe deixa claro que esse vale de pedras não é propriamente um paraíso, no estado de Jalisco, em torno das cidades de Amatitán, Tequila e Arenal, mas sobretudo na região de Los Altos. Sobre esses altos platôs desérticos que formam as paisagens dos livros de Juan Rulfo, nessa poeira amarela que bebeu o sangue dos contrarrevolucionários *cristeros* no começo dos anos 20, nessas cidades de fantasmas onde, em *Pedro Páramo* e *Planalto em chamas*, os mortos balbuciam. No ar azul transparente, *huizaches* torcem seus galhos magros como numa tempestade.

Nos campos de agave, não dá para brincar com as ninfas de grandes seios brancos como se faz nos vinhedos. Baco não escolheria os campos de agave para suas sestas lendárias e priápicas. O agave arranha de verdade, esfola e rasga. Os deuses dos índios não têm medo de sangue. Das longas folhas carnudas e eriçadas de pontas extraem-se pregos e agulhas de costura. Esmagadas de um certo jeito, essas folhas dão uma espuma com que se faz sabão, ou, de outro jeito, fibras do tipo sisal para tecer tapetes e redes. Sua haste fornece lâminas e sua seiva um xarope, hidromel, água de mel, e, por evaporação, açúcar. Tudo isso ao ar livre e durante anos, como um distribuidor automático e coletivo posicionado no meio da aldeia.

Mas o mais importante amadurece no escuro. Quando finalmente floresce, a planta morre. É o destino banal das monocárpicas, segundo os botânicos. Para os índios era o alvitre dos deuses. A floração anunciava as libações.

Queimava-se então o coração, que parece um abacaxi gigante com algo entre trinta e sessenta quilos e que com razão é chamado *piña*. Ali mesmo, os índios cavavam na terra um forno a carvão. Derramava-se sobre as brasas água misturada a esse sumo que transpirava e fervia, junto com as fibras, as partículas de carvão, os pequenos insetos assados e outras coisinhas que o acaso transformava em temperos. Deixava-se fermentar por doze dias no verão e dezoito no inverno: e surgia o vinho de mescal. Este era recolhido em cabaças, agradecia-se aos deuses multicores e ferozes com danças desenfreadas e corações humanos sacrificados. Os espanhóis proibiram por um tempo a bebida que era fonte de problemas, depois experimentaram o vinho de mescal e conseguiram extrair, por dupla destilação, o puro espírito, transparente como água de nascente ou oxigênio: com o coração da Tequilana Weber azul é obtido o tequila, porque ele é masculino, *hombre*, e o feminino usado pelos parisienses[4] faz rir os mexicanos. Sempre o problema da tradução, do espanhol para o francês o sol cai por terra.

O inglês desajeitado dá um tranco com o ombro na porta do bar, hesita entre um *Herradura reposado con su sangrita* e um mescal apimentado de Oaxaca. Depositam diante dele no balcão dois copos altos e finos. A *sangrita* é feminina, uma mistura condimentada de suco de tomate, limão e pimenta que dá sede de tequila. Molham-se os lábios alternadamente numa e noutra bebida, como se fosse no sol e na lua, na água e no fogo, nos dois vulcões masculino e feminino que se erguem sobre Cuernavaca e que não se encontrarão jamais, que se consumirão de orgulho e solidão. Começa-se a bebericar antes do almoço, que se estende pela tarde, e pede-se a bebida novamente à noite, ao cair do dia.

No fim da noite você pode cortar ao meio o abacaxi desenterrado no começo desta experiência, derramar um pouco de seu sumo no tequila, juntar uma gota de suco de romã para iluminá-lo, e surge o *tequila sunrise*. E o sol nasce de fato por trás das janelas do bar, preenche o ambiente com grandes jorros, inflama os blocos de gelo do entregador. O jovem inglês corpulento cochila no balcão diante de uma caneta e uma caderneta aberta. Índios bêbados dormem no fundo da sala, a cabeça apoiada nos braços. As lâmpadas ainda estão acesas. Também nesta manhã, nenhuma Yvonne virá buscá-lo, nem empurrará a porta de sineta, nem mostrará a silhueta frágil à contraluz,

---

4. Também em português, *tequila* é um substantivo feminino. (N. T.)

com as roupas todas amassadas depois de passar a noite no ônibus para vir salvá-lo, nenhuma Yvonne virá pousar a ponta dos dedos trêmulos sobre a face áspera, levá-lo para dormir e consolá-lo por ter nascido. Os primeiros raios enchem a peça de cobre líquido e ele engole de uma vez o *sunrise* avermelhado do álcool de agave ao fundo do copo: encerrou-se o nascer do sol e o sacrifício sangrento dos corações humanos.

## em Coyoacán

Depois de andar sozinho pelo bairro em busca das pegadas da turminha e de ter subido as ruas em torno do *zócalo*, eu lia os jornais recheados de mortes provocadas pelo narcotráfico no terraço de Los Danzantes, bar de mescal que é uma sucursal do de Oaxaca. Mais tarde comecei a frequentar a casa de Margo Glantz, a grande dama em seu belo casarão colonial cheio de estantes e flores, onde encontrei os escritores mexicanos que ela reúne em prolongados e alegres almoços que se estendem até a noite — Mario Bellatin, Sergio Pitol, Juan Villoro, que acabara de escrever um novo prefácio para uma edição de *Bajo el volcán*, de que eu guardara esta frase: "Lowry sem dúvida teria dado um jeito de sofrer do mesmo modo na Suíça, mas o México sem dúvida contribuiu de maneira específica para o deslumbramento e a destruição que ele buscava".

É preciso nascer em algum lugar, e Margo é mexicana. Cinco anos antes de ela nascer, seus pais haviam desembarcado em Veracruz, em maio de 1925, e em seguida tomado o trem para a Cidade do México. O pai decidira que dali em diante seu nome seria Jacobo Glantz.

Como Trótski, era um judeu da Ucrânia que passara a infância no campo antes de tornar-se revolucionário em Odessa, onde conhecera Radek, Zinóviev e Kámenev, que morrerão nos processos de Moscou, mas também Isaac Bábel e Aleksandr Blok. Jacobo Glantz iniciara sua obra poética em ucraniano, aprendera ídiche no México e publicara coletâneas em russo. Para sobreviver, virara vendedor ambulante e depois dentista, comerciante e dono de restaurante; conhecera os muralistas Siqueiros e Orozco.

Em seu restaurante El Carmen, o pintor Vlady, Vladimir Kibáltchitch, filho de Victor Serge, retratara-o montado num bode, no papel do judeu, eterno bode expiatório. Convivera com Chagall, que reencontrara mais tarde em Saint-Paul-de-Vence, e também com Maiakóvski e com Eisenstein, este no México para filmar *Que viva México!*. Recebia Diego Rivera com sua segunda mulher, Lupe Marín, depois com sua terceira mulher, Frida Kahlo, depois com sua amante María Felix. Uma vez Trótski lhe dissera que era muito parecido com seu irmão, mas é com o próprio Trótski que a semelhança nas fotografias é perturbadora. E Diego Rivera lhe pedira para posar para um retrato de Trótski jovem. Jacobo Glantz escapara por pouco dos fascistas do movimento Camisas Douradas, que haviam tentado linchá-lo na saída de um encontro de apoio aos anarquistas Sacco e Vanzetti. Margo se lembra de ter ouvido, criança, alguém dizer quando passeava com o pai na rua:

—Olhe, Trótski e a filha!

Assim, nascida mexicana pelos acasos da emigração, Margo conheceu Juan Rulfo na juventude. Frequentavam os mesmos bistrôs. Segundo ela, ele era muito bonito. Os dois eram amigos comuns de Carlos Monsiváis. É a época em que Juan Rulfo, autor de dois livros *cult*, fingia trabalhar no manuscrito de *La cordillera*, mas na verdade não fazia porcaria nenhuma e morreria trinta anos depois de *Pedro Páramo* sem nunca ter voltado a publicar, fosse por ter sido esmagado pelo imenso sucesso de seus dois primeiros livros, sabendo-se incapaz de alcançar novamente aqueles píncaros, fosse por achar que a vida, no fim das contas, tampouco se resume à clausura estudiosa, e que não é desagradável desfrutar da notoriedade de "maior escritor mexicano do século" nos bistrôs lotados de lindas estudantes como Margo. E talvez, aliás, não tivesse mais que o título e a imagem daquele píncaro inacessível.

No passado Margo morara na rua Amsterdam, no Hipódromo, na esquina com Michoacán, depois viera instalar-se em Coyoacán, não longe da casa de Frida, nesse bairro em que viviam, na época, muitos escritores, embora os três luminares, Gabriel García Márquez, Álvaro Mutis e Carlos Fuentes, tivessem se mudado para mais longe, para San Jerónimo. Uma vez ou outra fui sozinho à casa azul da rua Londres, antes e também depois da abertura do banheiro murado, e mais tarde à casa da rua Viena, na Colonia del Carmen. O último endereço do proscrito parece um merengue ferrugem e ocre, desbotado, estreito, dotado de colunatas e capitéis, lembrando a carcaça de um pequeno cargueiro que tivesse encalhado de viés à beira do rio Churubusco, há muito tempo canalizado e recoberto por uma via expressa, um jardim cercado de muros altos e protegido com arame farpado e torres de vigia.

Em outro ano, voltei lá na companhia de Esteban Vólkov, outrora Sieva. Em nossa intenção, haviam organizado uma espécie de café da manhã revolucionário ou republicano. Eu partiria alguns dias depois para o Camboja para assistir ao julgamento dos khmers vermelhos, e em minhas pesquisas quantificara as mortes ocasionadas, no delta do Mekong e no Tonkin, pelos enfrentamentos que se seguiram à criação clandestina do partido comunista da Indochina por Ho Chi Minh, no início dos anos 30, e pelos combates fratricidas nas plantações de arroz e nas montanhas entre os partidários vietnamitas de Stálin e de Trótski.

A recepção era na antiga sala de *squash*, contígua à casa do proscrito, comprada no início dos anos 90 pelo Instituto del Derecho de Asilo para a instalação, no local, de sua sede. Depois de desocupada por Sieva e sua família, no fim dos anos 70, a casa do proscrito estava para ser demolida.

O pintor Vlady alertara as autoridades e depois de algumas reformas o museu fora inaugurado. Na época o diretor da instituição era Carlos Ramírez Sandoval e o presidente era Javier Wimer, amigo de Julio Cortázar, ex-diplomata, que nos descrevera sua chegada a Tirana quando era embaixador do México em Belgrado e como muito depressa desconfiara que o motorista estava andando em círculos por vários bairros a fim de convencê-lo de que a capital, embora não pudesse candidatar-se ao título de megalópole, como a Cidade do México, tinha mesmo assim uma extensão considerável. Ao mesmo tempo, era testemunha de que a biblioteca pessoal de Enver Hoxha reservava um lugar importante para a literatura francesa, proibida para os demais albaneses.

Adolfo Gilly é outro participante desse café da manhã. Nascido na Argentina, foi revolucionário na Bolívia antes de passar muitos anos na prisão de Lecumberri, tal como Álvaro Mutis, só que por outras razões. Hoje é professor na Faculdade de Ciências Políticas e Sociais da UNAM. Trouxe seu último livro, *Historia a contrapelo, una constelación*, e nessa constelação cintilam os nomes de Antonio Gramsci e Walter Benjamin. Gilly cita uma frase deste último, explorando a metáfora ferroviária cara a Trótski: "Marx afirmou que as revoluções são as locomotivas da história. Mas às vezes as coisas são diferentes. Às vezes as revoluções são o modo como a humanidade que viaja nesses trens aciona o freio de emergência".

Em sua temporada em Ibiza, em 1932, Walter Benjamin é profundamente tocado pela leitura de *Minha vida*, e mais tarde Bertolt Brecht declara diante dele que Trótski bem poderia ser o maior escritor europeu de seu tempo. No ano seguinte, os livros de Walter Benjamin são queimados, tal como os de Stefan Zweig. Em 26 de setembro de 1940, um mês depois do assassinato de Trótski neste lugar onde nos encontramos, Walter Benjamin desembarca do trem e se suicida num quarto de hotel em Port-Bou, dois anos antes do suicídio de Stefan Zweig no Brasil.

Gilly trouxe também filminhos de arquivo mostrando em preto e branco a chegada de Trótski a Tampico e o trem presidencial *Hidalgo*. Em seu escritório, Trótski discursa diante da câmera para uma multidão imaginária num francês quase incompreensível. No último, em cores, Trótski alimenta as galinhas e os coelhos. A seu lado está Sieva, de calças curtas. E alguns metros à frente, ao sair da antiga quadra de *squash* pela porta que dá para o jardim, estamos diante das gaiolas dos coelhos, à luz de uma manhã de primavera. Sieva, a meu lado, é octogenário. O jardim está tomado pelas mesmas árvores que acabo de ver nas imagens, só que mais altas que em 1940, e por folhagens, bananeiras, buganvílias vermelhas, trepadeiras floridas, orquídeas, agaves e os cactos *viejitos* que o proscrito desenterrava com uma pá no deserto.

Ao centro, o túmulo com a foice e o martelo, e em letras maiúsculas o prenome francês e o pseudônimo russo, Léon Trótski, monumento onde repousam também as cinzas de Natália Ivánovna, morta em 1962 num subúrbio de Paris, depois de continuar a viver nesta casa e de cultivar suas roseiras com o jovem Sieva, que hispanizara o próprio prenome para Esteban. E depois da morte de Natália Ivánovna ele seguiu morando aqui, no apartamento dos guardas, de tijolo vermelho, na lateral do jardim, último sobrevivente de uma família dizimada pela História e pelo ódio de Stálin, que tomara o poder em metade do planeta. A frase mais terrível é a que Natália escreve aqui: "Andamos pelo pequeno jardim tropical de Coyoacán cercados de fantasmas de testas perfuradas".

Avançamos pela aleia e depois nos sentamos. Acabo de concluir a leitura das *Memórias* de Jean van Heijenoort, o belo Van, publicadas nos anos 70, cujo primeiro parágrafo poderia ser de Nizan: "Cheguei a Prinkipo em 20 de outubro de 1932. Tinha vinte anos. Saía de nove anos de internato e estava em plena revolta contra a sociedade". Quando Sieva desembarca na ilha turca acompanhando a mãe, vê-se diante do avô forçosamente impressionante, vestindo um terno de linho branco e dedicado ao grande combate: atrelado dia e noite à redação de sua autobiografia, que deverá desmascarar as mentiras de Stálin, restabelecer a verdade histórica. Um pouco perdido no meio dos seguranças armados, Sieva sente-se mais próximo do belo Van, como se observa numa fotografia tirada no ano seguinte no porto de Marselha: os dois viajam como pai e filho, indo ao encontro da mãe de Sieva, em Berlim. E o belo Van escreve que em Prinkipo Sieva era "um garoto comportado e tranquilo que ia à escola pela manhã e pouco se fazia notar em casa".

Hoje o velho Esteban me diz que, depois da morte de Trótski, seu biógrafo, Pierre Broué, tornara-se um irmão para ele. Em 1988, aproveitando a Glasnost de Gorbatchev, que talvez não passasse de uma abertura momentânea, Pierre Broué pesquisara e encontrara os rastros de sua irmã Aleksandra, que a mãe e ele haviam deixado para trás em 1931. Ela fora deportada para um orfanato no Cazaquistão, depois esquecida. Esteban e Pierre Broué haviam ido a Moscou em 1989, logo antes da queda do Muro, quase sessenta anos depois da partida de Sieva para a Turquia, e haviam encontrado a velha senhora doente, Aleksandra Sakharovna, extraviada na História; haviam reconstituído para ela a história da família dizimada, desmentido as calúnias e os horrores que sem dúvida lhe haviam contado desde sempre, mais do que aos outros russos — em suma as mesmas que continuaria contando, vinte anos depois do desmembramento da União Soviética, o pseudo-historiador que eu encontrara na ilha de Sviazhsk.

Esteban Vólkov, de seu lado, levou sua vida mexicana, tornou-se engenheiro químico, e seus amigos o chamam de *El Ingeniero*. Continuou vivendo no apartamento dos guardas sem tocar na casa de Trótski e Natália. Deixou a rua Viena quando as filhas cresceram e aqui, no corpo principal da casa, onde fica seu quarto de criança, nessa casa que virou monumento histórico, o tempo parou em agosto de 1940. Nos cabides, as camisas que o proscrito pretendia usar nos dias que se seguiriam. Nas paredes, as marcas de balas do primeiro atentado. Sobre a escrivaninha, o gravador de voz e os cilindros de cera, as páginas do trabalho em curso, as balas encontradas e depositadas num porta-lápis, a máquina de escrever Underwood. Nas estantes, a enciclopédia enegrecida pelo incêndio de Prinkipo, livros em cujas lombadas identifico alguns nomes, Nietzsche e Tolstói, John dos Passos, Jack London, Malraux, Victor Serge e Henri Barbusse, aquele que dera a Sandino o belo título de General dos Homens Livres antes de transformar-se no ardente defensor e hagiógrafo de Stálin.

É perturbador estar aqui, em pé ao lado de um senhor tranquilo de olhos muito azuis que mostra o quarto onde, aos treze anos, protegeu-se das rajadas das metralhadoras. Perturbador que a casa em torno de nós esteja no estado em que estava no momento das rajadas, ou, para ser exato, no estado em que estava três meses depois, no dia do segundo atentado, este fatal, no mês de agosto. Os móveis do escritório que vemos nas fotografias, revirados durante a luta entre Trótski e seu assassino, foram postos novamente no lugar. Partículas de poeira cintilam entre as lâminas da persiana. Na parede, o grande mapa terrestre do tipo Mercator. Esse descarrilamento do espaço e do tempo, que em algumas passadas transporta você para a primeira metade do outro século, é acentuado pelas imagens filmadas aqui, diante das gaiolas dos coelhos, no eterno presente da película cinematográfica.

## últimos endereços

Esse fascínio pelos últimos endereços, como se os melhores dentre nós deixassem no ar, nos últimos locais visitados, vestígios de sua força e de seu gênio... O próprio Trótski desejara experimentá-lo, ao chegar a Paris, no verão de 1914, pouco depois do atentado contra Jean Jaurès: "Visitei o restaurante do Croissant onde ele fora assassinado. Teria gostado de encontrar seus rastros. Do ponto de vista político estava distante dele, mas era impossível não sentir a atração exercida por essa figura poderosa. O mundo espiritual de Jaurès, composto de tradições nacionais, de uma metafísica dos princípios morais, de amor pelos miseráveis e de imaginação poética, também incluía traços claramente aristocráticos". Trótski relembra os poucos encontros que tiveram. "Ouvi Jaurès em encontros em Paris, em congressos internacionais, em comissões, e a cada vez foi como se o ouvisse pela primeira vez."

Como Ramón Mercader, assassino de Trótski, também o assassino de Jaurès, Raoul Villain, salvará a pele perante os tribunais. O belicista escapará até mesmo do front, e passará a guerra inteira a salvo na prisão até ser absolvido, depois do Armistício, e partir para a doce vida nas Baleares, na ilha de Ibiza, onde apesar de tudo um comando anarquista irá matá-lo em 1936.

É num livro de Ortega y Gasset que Lowry encontra a ideia de que a existência de cada um de nós é um romance tragicômico: "A vida de um homem é como uma obra de ficção que ele organiza à medida que avança". Em 1934, Lowry deixa Paris e a rua Antoine-Chantin, parte ao encontro de Jan em Nova York. Ela não quer mais saber dele. Ele se entrega novamente ao álcool. Jan o interna na ala psiquiátrica do hospital Bellevue. Lowry sabe francês suficiente para entender a palavra Bellevue.[5] De suas janelas gradeadas, vê-se a casa onde Herman Melville escreveu *Moby-Dick*. Assim que sai do hospital, Lowry começa a escrever *The Last Address*, que virá a ser *Lunar Caustic*.

E a vida inteira Lowry frequentará os últimos endereços. Depois de viver alguns meses no hotel Francia, de Oaxaca, onde antes dele se hospedara D. H. Lawrence, tratará de ir conhecer a última casa do autor de *A serpente emplumada* em Taos, no Novo México. Em Roma, Lowry, já à beira da loucura, copia esta placa numa parede: "O jovem poeta inglês John Keats morreu nesta casa em 24 de fevereiro de 1821 aos vinte e seis anos de idade". E Lowry pensa em Grieg, em seu livro *Os que morrem jovens*, homenagem a Keats, Shelley, Byron. Começa a escrever um conto, *O ofício, esse estranho consolo*, descreve, na casa romana de Keats, os "vestígios dos incensos usados por Trelawny para a incineração do corpo de Shelley, cujo crânio escapara por milagre a Byron, que pretendia apropriar-se dele e usá-lo como copo". E o narrador de Lowry retoma a história do afogamento de Shelley, do corpo expelido pelas vagas, da cremação do cadáver na praia de Viareggio na presença de Byron, antes de Byron partir ao encontro de uma morte heroica entre os insurgentes gregos de Missolonghi.

---

5. "Bela Vista". (N. T.)

A estreita casa de três andares situada no número 26 da Piazza di Spagna onde estão reunidas as correspondências pessoais de Keats, Shelley e Byron—que vivera na mesma praça, no número 66—virou museu. Em frente à casa, eu seguira pelos degraus de mármore branco da Scalinata que leva à igreja da Trinità dei Monti e da qual Lowry sem dúvida subira alguns degraus para poder copiar a placa bilíngue em sua caderneta. Fora instalar-me no café mais próximo do último endereço de Keats, hoje o Barcaccia. Aqui Lowry e seu narrador evocam Poe, o último endereço de Edgar Allan Poe em Richmond, na Virgínia, onde Lowry estivera com o objetivo de copiar fragmentos de cartas. Ele abre sua caderneta sobre a mesa do café: "Primeiro, tomava consciência dele próprio ocupado em lê-las aqui, neste café de Roma, depois dele próprio ocupado em ler essas cartas através das vitrines do museu Valentine, em Richmond, na Virgínia, e de copiar fragmentos dessas cartas, e por fim do pobre Poe, sentado num lugar qualquer, com aspecto soturno, escrevendo-as".

E como não copiar aqui, nesta mesa do café Barcaccia, um fragmento dos fragmentos de Poe copiados por Lowry: "Morro, sim, certamente, morro por estar privado de auxílio, e contudo não estou ocioso", frase que o próprio Lowry poderia ter escrito em Oaxaca, na Cidade do México ou em Ripe. Frase que poderiam ter escrito todos os poetas que o deus da consciência pequeno-burguesa, segundo Artaud, detesta e trata de enlouquecer.

Um mês antes de morrer, Lowry deixa Ripe e o sul da Inglaterra e vai nadar nas águas frias dos lagos da Escócia. Pela última vez encontra a alegria da vida saudável, essa que levava em Vancouver, na cabana que acabaria sendo seu último endereço. Anda pelas colinas. Oculto pela vegetação, observa o voo dos patos, depois visita a última casa de Wordsworth em Grasmere. Não sabe que um mês mais tarde o White Cottage de Ripe será seu último endereço. Ou quem sabe já comece a intuir.

Quanto a Trótski, esse sabe muito bem que a casa da rua Viena, em Coyoacán, pode ser a última. Acorda cedo pela manhã, cuida das galinhas e dos coelhos antes de sentar-se à escrivaninha. Depois da derrota do Ebro, o presidente Cárdenas escancara as portas do México para os refugiados da guerra civil espanhola. Nos cais de Tampico e Veracruz desembarcam na maior confusão os sobreviventes anarquistas do POUM[6] e os stalinistas tchekistas que os exterminavam. De um lado Bartolomeu Costa-Amic, que vai imediatamente a seu encontro na rua Viena, e de outro, homens como Kotov ou Vidali, responsáveis pela morte de Andreu Nin, assassinado em junho de 1937 enquanto Trótski está em Coyoacán, torturado pelos stalinistas em Barcelona, os quais, para macular sua memória, dirão que fugira para Berlim para ir se encontrar com seus amigos da Gestapo.

Na Noruega, Trótski considerara a possibilidade de ir para a Catalunha, isso em 1936, vinte anos depois de a polícia espanhola tê-lo embarcado à força no porto de Barcelona, quando encontrara Arthur Cravan a bordo do *Montserrat*. E podemos imaginar, nos fronts republicanos, o que seria o anúncio da presença clandestina do antigo chefe do Exército Vermelho. Sem dúvida ele não teria durado muito na guerra fratricida entre o POUM e o Komintern. Depois de sabotar a revolução espanhola e antes de assinar o pacto germano-soviético, Stálin exigira que o ouro do Banco da Espanha fosse posto a salvo em Moscou. Em troca do dinheiro, enviara uns poucos combatentes e uma pletora de comissários políticos. Entre eles o general Kotov e sua companheira Caridad Mercader, mãe de Ramón, e David Alfaro Siqueiros, e Vittorio Vidali e sua companheira Tina Modotti, todos membros ou afiliados da turminha do México.

Depois da queda da República, dezenas de homens a serviço do Komintern são despachados para o México

6. Partido Operário de Unificação Marxista. (N. T.)

munidos de identidades falsas. Sem se conhecerem, têm a missão de fazer de tudo para assassinar o inimigo de Stálin. Trótski acaba de publicar seu *Lênin* e se dedica a um *Stálin*. O ditador pressente que o fará, e teme. A Segunda Guerra Mundial se avizinha e é urgente eliminar o proscrito. Trótski sabe disso. Tem pouquíssimas chances de escapar da máquina infernal. Duas tentativas bastarão. Os poucos metros que separam sua escrivaninha das gaiolas de coelhos, percorridos ao lado de Ramón Mercader sob o nome de Frank Jacson, que esconde a picareta embaixo do impermeável, serão seus últimos passos sobre a Terra.

## a turminha

> *We few, we happy few, we band of brothers.*
> SHAKESPEARE

Doze apóstolos se reúnem em torno de Tina Modotti. É no seio dessa turminha que tudo é decidido. Decide-se a vida e a morte do proscrito. O futuro da Arte e também o da Revolução. É uma casa branca ensolarada que tem um terraço como telhado. Uma máquina de escrever, um fonógrafo, flores nos vasos. O jogo da luz formando círculos ao longo das paredes brancas caiadas. Sobre uma mesa, um exemplar de *El Machete*, encimado pela foice e pelo martelo.

É surpreendente que todas aquelas pessoas também tenham estado vivas, sentadas num mesmo aposento da casa de Tina Modotti, fumando seus cigarros. Nenhuma fotografia foi tirada da turminha dos treze, que no entanto tem entre seus membros os melhores fotógrafos; e tampouco nenhum quadro foi pintado mostrando a turminha dos treze, que no entanto tem entre seus membros os melhores pintores. Temos de imaginá-los, todos reunidos, um dia, ou melhor, uma noite. Estamos no México, no meio dos anos 20, na década durante a qual tudo se inventa, o mundo é novo no caos regenerador. Faz dez anos que o mestiço de Chihuahua e o índio de Morelos entraram a cavalo na Cidade do México. Zapata & Villa. Os camponeses de poncho brandindo facões acampados na praça central da Cidade do México.

É um ambiente de exilados, e seus amigos mexicanos são gente da cidade. Aqueles anos 20 assistirão à mistura, nas obras dessas pessoas, do amor e da morte, e à dança macabra dos traidores e dos heróis. Não existe nenhuma fotografia dos treze, é preciso imaginá-la. Que se posicionem diante de nossa objetiva, velho aparelho munido de cortina preta e tripé. No centro do grupo está o volume mais imponente, aquele em torno do qual tudo gravita, o paquidérmico Diego Rivera, ogro devorador de mulheres, gênio indomável, homérico, artista criado na floresta, de acordo com a lenda que ele próprio conta, por uma ama de leite índia, e diz ele que mamou também nas cabras, o gigante de apetite insaciável, de selvageria e força monstruosas. O paquiderme exibe a cicatriz da facada parisiense de uma amante abandonada.

Na turminha, Rivera é quem associa o furor mexicano ao de Montparnasse. Passou catorze anos de sua vida entre Paris, Espanha e Itália, conhece como a palma da mão o Quattrocento e o cubismo e os afrescos do Templo do Jaguar em Chichén Itzá, em Chiapas. Sabe os segredos dos vernizes da Renascença e do azul do manto da Virgem de Philippe de Champaigne. Dos fundos de cal e dos pigmentos dos maias. Da pintura com a resina do copal que fixa a seiva do nopal. Rivera está no auge de sua potência, pinta sete dias por semana e quinze horas por dia, vive no alto dos andaimes, cobre o México com as centenas de metros quadrados de seus murais multicores, concluiu há pouco os do palácio de Cortés em Cuernavaca, que Lowry verá dali a dez anos e que incluirá no *Vulcão*. Com grandes pinceladas, compõe as imagens violentas da história do povo, os hinos narrativos que os camponeses analfabetos compreendem e comentam no mercado, joga nas paredes em jorros de cores sua fé na vida, na beleza da natureza e dos corpos, seios fartos com aréolas escuras, o ritmo das estações e os trabalhos nos campos, a tempestade roxa sobre a colheita, os sacerdotes guerreiros em suas peles de felinos enfeitadas com penas, os sacrifícios rubros, os carregadores encurvados sob fardos de algodão e cachos de banana, as fábricas azuis, as ferramentas, os altos-fornos das siderúrgicas, as guerras, as munições, os navios, os bares e os armazéns, as metralhadoras, as flores e as frutas, os vestidos verdes ou alaranjados das moças, os cavalos, os martelos e as foices, e além disso Diego Rivera também escreve incessantemente nas revistas e nos jornais: "O camponês e o trabalhador urbano não produzem apenas cereais, legumes e objetos manufaturados: também produzem beleza".

Sim, Diego Rivera no centro.
    E acima de Rivera, pairando no ar, como um anjo ou como a morte, estará La Modotti.
    É na casa dela que todos se reúnem, na casa branca com um terraço como telhado, e, mesmo que um instantâneo seja impossível, todos esses, um dia ou outro, passaram pela casa dela, deixemos o aparelho em pausa, ou instalemos uma câmera fixa durante alguns meses, chamemos todos, que interrompam suas conversas, deixem seus copos de lado, venham até o fundo da sala e se posicionem diante da objetiva que instalamos, que parem de atirar nas lâmpadas da rua pela janela, como fazem em certas noites, ou no fonógrafo, que se reúnam, e em seguida decidiremos em que ordem organizar a turminha dos treze, como posicionar cada um, à direita ou à esquerda de Rivera, sob as asas abertas de Tina, componhamos o afresco, enumeremos: Weston, Orozco, Siqueiros, Traven, Sandino, Maiakóvski, Dos Passos, Kahlo, Mella, Guerrero, Vidali.
    A turminha dos treze.

Todos têm em comum o fato de servir a uma causa e de pôr essa causa acima da própria existência. Alguns virão a ser traidores, outros, heróis. Mesmo que depois se desencaminhem, todos têm em comum o fato de não serem de maneira alguma os pequeno-burgueses que descreverá o proscrito Trótski nos anos 30, assustado, durante sua temporada clandestina perto de Grenoble, enquanto o trem da História corre a toda a velocidade para a guerra mundial e ele se esconde no meio deles, anônimo, cavanhaque raspado: "São pequenos-burgueses até o último fio de cabelo, suas casas, seus jardins e seus carros, para eles, são muito mais importantes do que o destino do proletariado. Vi o modo como vivem, não apenas vi, como senti. Não há criatura mais repugnante que o pequeno-burguês querendo acumular bens".

Esses, da turminha, esses treze que virão a ser traidores ou heróis, todos merecem, para além de seus triunfos ou de suas loucuras passageiras, nossa compaixão. Nenhum pequeno-burguês afeito à especulação imobiliária, ao conforto moderno e às reivindicações corporativas tem direito de julgar esses homens e essas mulheres. Só um tribunal revolucionário teria essa autoridade.

Entre os desencaminhados estará La Modotti, a *pasionaria* desgarrada, a bela Tina de longos cabelos negros que, na ocasião em que tiramos a fotografia, não tem muito mais que vinte anos.

Nasceu em Udine, no Friul e na miséria. Ainda menina foi mandada para a Áustria como costureira, para ganhar alguns tostões com as mãozinhas. Uma infância como a de Alfonsina Storni. E as duas emigradas estão a tal ponto associadas em nossa devoção que um nome não aparece sem que o outro surja também. Aos dezesseis anos Tina vai ao encontro do pai, operário em San Francisco, no bairro pobre de Little Italy, retoma a linha e a agulha, e sua vida poderia bordar o destino cinza da italianinha que costura, sorriso triste e submisso, a quintessência da mulher, longos cabelos negros, não muito alta, corpo flexível e curvas suaves, a ginga do corpo, o passo lento e harmonioso de dançarina ou de cigana, olhos negros, rosto sensual e boca carnuda, as pálpebras pesadas das mulheres repletas e saciadas de amor: mas eis que ela se torna modelo, sempre em troca de alguns tostões, e depois figurante no cinema, é descoberta, como se diz, fará o papel de divas fatais em dois ou três filmecos de Hollywood ainda na época do cinema mudo.

Em Hollywood encontra Roubaix de l'Abrie Richey, conhecido como Robo, nome bem mais simples, um poeta canadense extravagante e exilado ao estilo de Dylan Thomas ou Thomas de Quincey, decadente e cultivado, é seu primeiro amor. Haverá outros, muitos outros, é uma devoradora, Tina. Depois que Robo o dândi vem morrer no México, ela volta para a Califórnia, depois retorna ao país em 1923 com seu novo amor, o já famoso fotógrafo Edward Weston. Os dois montam um estúdio na Cidade do México, na casa branca e ensolarada que será frequentada pela turminha. Tina é aluna de Weston, pouco depois sua assistente, pouco depois uma das maiores fotógrafas do século.

Weston fotografa Tina amorosamente nua para a eternidade, deitada no terraço-telhado da casa mexicana. E Rivera pinta Tina igualmente nua para a eternidade, no grande mural da Escola Nacional de Agricultura em Chapingo, com seios generosos, no papel de mãe que alimenta o povo. No início, sempre que Weston se ausenta Tina lhe escreve cartas de amor que são como as preces de uma santa aos pés de um cristo: "Passei todo o dia seguinte como se estivesse embriagada com as lembranças da noite anterior, e impregnada com sua beleza e sua loucura. Como fazer para suportar a espera? Reli sua carta uma vez mais, e, como das outras vezes, meus olhos se encheram de lágrimas... Nunca antes deste dia eu havia imaginado que uma carta, um simples pedaço de papel, pudesse transmitir algo tão sublime, inspirar sentimentos tão fortes... Você deu uma alma a esse papel".

"Se eu pudesse estar a seu lado, nesta hora que amo tanto, tentaria falar-lhe de toda a beleza que nos últimos dias enriqueceu minha vida. Quando verei você? Espero seu telefonema. Basta eu fechar os olhos para senti-lo aqui, com aquele gosto de vinho nos lábios e a boca sobre a minha. Posso reviver todos os instantes de nossas horas, acariciá-los, guardá-los ternamente comigo, como se fossem sonhos frágeis e preciosos."

Weston é um gringo. Se apropria do que foi buscar no México e parte, como D. H. Lawrence, como mais tarde Lowry e Burroughs e Kerouac. Modotti fica. Em 1926, Tina abandonada se torna amante de Rivera, que escreve uma apresentação para seu trabalho fotográfico: "Tina Modotti extrai sua seiva das raízes do temperamento italiano, mas é no México que sua obra artística floresceu e atingiu essa rara simbiose com nossas paixões".

Disparado o *flash*, a fumaça se dissipa. Na fotografia da turminha dos treze que acabamos de tirar, vemos os cinco amantes sucessivos de Modotti no México: Weston, Rivera, Guerrero, Mella, Vidali. Comecemos pelos que não o foram, ou que o foram secretamente, furtivamente, sem nunca dividir com ela sua vida, e que mesmo assim convidamos para aparecer na fotografia porque foram os apóstolos que frequentaram a casa branca e ensolarada da Cidade do México: os dois outros muralistas, José Clemente Orozco, o artista de Guadalajara que Trótski irá conhecer na companhia de André Breton, e David Alfaro Siqueiros, que será o primeiro a atacar Trótski e que organizará o atentado de maio de 1940, e ainda o escritor secreto Traven, que foi o anarquista Ret Marut e veio estudar fotografia na Cidade do México com Weston e Modotti usando o nome Torsvan, antes de integrar-se a uma missão etnológica em Chiapas, e Vladimir Maiakóvski, aqui chegado em 1925, antes de voltar para a Rússia em 1930 para suicidar-se, e John dos Passos, que irá para Barcelona e fará parte do POUM e que apoiará Trótski até o fim, e finalmente Augusto César Sandino, o revolucionário nicaraguense a quem Tina pede que a leve consigo para combater na guerrilha da Nueva Segovia. É uma cidadã da dor do mundo, Tina. Mas Sandino a dissuade. Ela ficará sendo a responsável pela retaguarda de Sandino no México: o comitê Manos Fuera de Nicaragua.

Em outro mural, no ministério da Educação, *Balada da revolução proletária*, Rivera pinta Modotti mais uma vez. Ela segura as munições destinadas à revolução sandinista na Nicarágua ou à invasão de Cuba planejada por Mella. Atrás deles está Vidali, esperando sua vez. Tina critica Diego por expor sua vida privada, por representar o confronto amoroso entre aqueles homens, seu ciúme. É que Tina acaba de trocar Xavier Guerrero, o pintor muralista e ideólogo, dirigente do Partido Comunista Mexicano, por Julio Antonio Mella e sua cara de anjo, seu sorriso de Apolo, o ícone dos revolucionários cubanos. Estamos em 1927. Rivera viaja para Moscou.

Só havia gente fina em Moscou naquele ano: Walter Benjamin também estava lá, tal como Pierre Naville; é o ano da queda de Trótski. E, apesar dos esforços envidados para esconder-lhe esse fato, Rivera percebe o fracasso da Revolução, a submissão da arte oficial. É a fissura. O pintor volta para o México convencido de que Trótski, já exilado no Cazaquistão, é o único herdeiro da mensagem de outubro. Naquele ano de 1927, Krupskáia, viúva de Lênin, afirma que se Lênin ainda vivesse já estaria nas prisões de Stálin. A luta entre Stálin e Trótski levará a morte para o seio da turminha. Quem toma o poder são os stalinistas: Guerrero, Siqueiros, Modotti, Vidali.

Este último, o italiano Vittorio Vidali, chegou à Cidade do México vindo de Moscou, via Paris e Cuba. É o homem do GPU, o comissário político, o liquidador antitrotskista.

E, no entanto, ainda é apenas uma fissura. As coisas continuam mais ou menos como antes durante dois anos. É o período mais rico da obra de Modotti. Ela fotografa, sempre em preto e branco, composições sutis no ateliê de sua casa branca, flores nos vasos, rosas e lírios, foice e martelo, violão e cartucheiras, e a máquina de escrever do amante Julio Antonio Mella. Sai de vez em quando e fotografa cabos e torres elétricas, operários trabalhando, manifestações revolucionárias, as mulheres de Tehuantepec tomando banho nuas. Rivera pinta seus corpos magníficos quando saem do banho no rio.

No momento em que a turminha já se divide, introduz-se nela uma jovem com grandes sobrancelhas muito escuras que se juntam na base do nariz, a moça com o melro na testa, uma jovem artista no frescor dos vinte anos que fica amiga de Tina, que a toma como símbolo da liberdade possível para as mulheres, e o fato transtorna a vida de Tina. Frida Kahlo: "Durante uma reunião em casa de Tina, Diego deu um tiro num fonógrafo e comecei a me interessar por ele, embora ele me amedrontasse".

No início daquele ano de 1929, é na casa de Tina que Diego e Frida celebram seu casamento. Frida se liberta do sofrimento de ter ficado desmantelada aos dezoito anos num acidente de bonde, esquece a coluna vertebral partida, os meses de imobilidade, a dor, o Demerol. Está enlevada com seu amor por Diego e sua amizade por Tina, com a admiração que sente por essa mulher altiva, artista, revolucionária, por seu corpo generoso desnudado diante dos fotógrafos e pintores, passa a vestir-se como ela, saia e blusa pretas, um broche vermelho com a foice e o martelo, presente de Tina.

No outono de 1929, a fissura na turminha se torna fratura. Rivera denuncia o risco de uma arte submissa e recusa ao Partido o direito de vigiar sua criação. O processo começa por observações insidiosas. Rivera é criticado por aceitar o dinheiro do embaixador dos Estados Unidos, Morrow, e pelo conforto de sua casa de Cuernavaca enquanto trabalha no palácio de Cortés, em vez de dormir no local da obra. É criticado por aceitar encomendas oficiais do governo mexicano, que não é comunista.

Tina Modotti, carta para Edward Weston, 18 de setembro de 1929: "Todos sabemos que o governo lhe confiou esses encargos justamente para corrompê-lo e para dizer: os vermelhos acham que somos reacionários, mas, vejam, permitimos que Diego Rivera pinte todas as foices e martelos que quiser em nossos prédios públicos! Veja como a posição dele é ambígua. Creio que seu afastamento fará mais mal a ele que ao Partido. Ele será considerado um traidor. Nem preciso dizer que também o considero um traidor. De agora em diante os contatos com ele ficarão limitados à área da fotografia. Consequentemente, peço-lhe que se dirija diretamente a ele para tudo o que diga respeito a trabalho".

Um mês depois, Diego Rivera, secretário de célula, anuncia, numa paródia de sessão, a exclusão do camarada Diego Rivera do PCM, "pintor-lacaio do governo pequeno-burguês do México". A turminha se dilacera, a morte se imiscui, espreita. A primeira vítima da guerra entre Stálin e Trótski no México será Julio Antonio Mella.

O belo Antonio, idealista, revoltado, redigira durante seus estudos em Havana a *Declaração dos direitos e deveres dos estudantes*, criara a revista *Juventud*, fundara a Universidade Popular José Martí, para instruir o povo e proporcionar conhecimento a operários e camponeses. É expulso pelo ditador Machado, descobre o exílio, vai parar em Honduras sem tostão. A turminha se cotiza para que ele possa ir para o México.

Depois Mella viaja, escreve, conhece Andreu Nin, fundador do POUM, compartilha as ideias desse que os stalinistas executarão mais tarde em Barcelona. Funda a revista *Tren Blindado*, símbolo do Exército Vermelho de Trótski e da Oposição de Esquerda. E na fotografia que Tina tirou de sua máquina de escrever, num quarto da casa branca ensolarada, na folha posicionada no cilindro, lê-se uma frase de Trótski sobre a função revolucionária da arte. Mas os tempos ainda são incertos. Mella imagina, como muitos, que a revolução russa ainda existe em parte, que um debate é possível, e se atira na boca do lobo. Vai a Moscou com delegados operários e camponeses, confronta o Komintern, impõe a criação, com Diego Rivera, da Confederação Sindical Unitária do México, contra a vontade do PCM e de Moscou. Mella acaba de assinar a própria sentença de morte.

É excluído do PCM por crime contra a linha do Partido. Numa noite de janeiro, é morto na Cidade do México com dois tiros de calibre .38 quando andava pela calçada de braço dado com a companheira Tina Modotti. Investigam. Os depoimentos de Tina e os de algumas testemunhas oculares se contradizem. Mella é sepultado no Panteão Francês, seus restos mortais são exumados mais tarde e levados para Cuba, onde a história oficial faz de conta, desde então, que o herói comunista tombou abatido pelos tiros dos esbirros do ditador Machado, e não pelas balas dos agentes do Estado soviético. Diego Rivera é mais preciso: "Todos sabíamos que tinha sido Vidali, não havia a menor dúvida quanto a isso".

Stálin não quer uma revolução em Cuba, também não quer uma guerrilha na Nicarágua, e por essa mesma razão Sandino será abandonado à própria sorte, privado de apoio, assassinado em 1934. Depois de todas as histórias de amor no seio da turminha, agora as histórias são de morte. Diego e Frida se afastam, saem do México, partem para um *tour* na Gringolândia.

Em 1930, desembarcam em San Francisco, onde Rivera, para provocar a turminha, que ficará sabendo pelos jornais, pinta as paredes da Bolsa de Valores. Frida pinta também, escreve, abandona os trajes pretos e severos da revolucionária para tornar-se a dama das roupas. Exibe sobre o corpo martirizado os amplos vestidos coloridos das mulheres tehuanas de Tehuantepec, as blusas bordadas de Oaxaca, os *huipils* de Yucatán, os longos *rebozos* de Jalisco, as joias astecas, as turquesas e as ametistas. Uma obra viva para glorificar os índios do México e seus deuses solares. Com tudo isso, um dia ela saberá como atordoar o velho Trótski em Coyoacán.

Depois, Diego e Frida são convidados a visitar a neve e o frio de Detroit, o coração mundial da grande máquina capitalista. Rivera, o ogro jogador, cobrirá com murais a fábrica modelo de Henry Ford, o homem mais rico do mundo. Rivera sabe exatamente no que está se metendo. Apropriar-se dos milhões e embolsá-los é apropriar-se das armas do inimigo. E por que não encher os bolsos e estourar o champanhe pela glória da Revolução à custa dos exploradores que um dia varreremos da História? Seguem cada vez mais para leste e chegam a Nova York, onde Rivera é encarregado de fazer a decoração do Rockefeller Center. Desta vez vai longe demais. Fica feliz com o escândalo. Seu mural é recusado por Nelson Rockefeller e recoberto com uma camada de reboco. Escondem o grande retrato de Lênin posicionado no frontão do templo. Diego Rivera recebe os jornalistas e finge surpreender-se: "Como se toda a cidade, com seus bancos e suas casas de câmbio, seus arranha-céus e suas residências de milionários, pudesse ser destruída pela mera presença de uma imagem de Vladimir Ilitch".

Modotti ficou no México.
Em dezembro de 1929, prepara a última exposição de fotografias de sua vida. O *vernissage* é organizado por David Alfaro Siqueiros, ele também da turminha agora fragmentada, o homem da linha direta com o Partido, o muralista inimigo de Rivera, aquele que, dali a dez anos, tentará assassinar Trótski, o proscrito, com uma metralhadora. Dois meses depois da abertura, Tina é expulsa do México em consequência da investigação sobre o assassinato de Julio Antonio Mella. Vai para a Alemanha em companhia do novo amante, o comissário político Vittorio Vidali, o homem dos truques sujos e dos atentados. Faz ainda duas ou três fotos em Berlim e depois abandona, acabou-se, Tina põe fim à sua carreira, que durou apenas sete anos, de 1923 a 1930: menos de trezentas fotografias hoje espalhadas pelos museus do mundo. Tina Modotti não será mais que uma militante profissional a soldo do Partido. Pelo menos, tenta convencer-se disso: "Ponho muita arte em minha vida, muita energia, e não me sobra grande coisa para dar à arte".

Eis a artista submissa, emudecida, de asas cortadas, presa na conspiração secreta de que se fez cúmplice. Desde 1931 os dois italianos, Modotti e Vidali, estão em Moscou.

Como todo o pessoal da segunda linha, Tina é ao mesmo tempo animadora do Socorro Vermelho internacional e agente secreta. Ao lado de Vidali, executa missões em diversos países da Europa usando várias identidades, pequena Mata Hari do stalinismo. No começo de 1934, enquanto Jan e Lowry se casam no décimo quarto *arrondissement*, totalmente afastados da vida política, Modotti e Vidali estão em Paris sob nomes fictícios e munidos de passaportes falsos. Dirigem o Socorro Vermelho e perseguem a Oposição de Esquerda. São expulsos depois das manifestações de 6 de fevereiro, manifestações essas que frustraram o encontro entre Trótski e Nadeau, mas não sabem disso, assim como não sabem que Trótski está escondido em Barbizon.

Talvez numa festa de despedida naquele mês de fevereiro de 1934, uma despedida com espumante no fim de uma reunião de célula, Tina fica sabendo do assassinato de Augusto César Sandino em Manágua, outro membro da turminha morto por não ter seguido a linha, o General dos Homens Livres que os comunistas mexicanos, depois que o Partido passou a ser controlado pelo Komintern e Vidali, tinham abandonado havia três anos. O comitê Manos Fuera de Nicarágua, de que Tina se ocupara, foi fechado no México, os sandinistas foram privados de sua retaguarda e do fornecimento de armas, e em junho de 1930 foi publicado, como uma punhalada nas costas, um artigo no *El Machete*: "O comportamento de Sandino comprova que na verdade ele não passa de um caudilho liberal pequeno-burguês, para quem o que mais importa não é exatamente a luta anti-imperialista, mas a conquista do poder na Nicarágua". Os camaradas se felicitam. Será que pedem a Tina que brinde com eles, justo ela, que queria ir com Sandino combater em Nueva Segovia?

Ela começa a se perguntar se valera a pena vender a alma ao diabo? Começa a experimentar a decepção, a ira diante dos horrores da História, da falsidade, das manobras do homem com quem divide sua vida naquele momento, Vittorio Vidali, o sedutor, que terá usado mais identidades que Traven e que ela sabe ter sido Enea Sormenti, José

Díaz e muitos outros? Depois vem a Guerra da Espanha. Vidali, é promovido e mais uma vez muda de nome. Quando desembarcam juntos em Barcelona, em 1936, ele é o comandante Carlos Contreras, à frente do quinto regimento. À sombra dele, Tina passa a ser a camarada María Ruiz.

Numa carta enviada naquele ano, Frida Kahlo escreve: "Aqui, a situação política é das mais interessantes, mas o que eu adoraria fazer era ir para a Espanha, porque neste momento é lá que tudo acontece". Há dois anos Frida está sozinha e separada de Diego, depois de descobrir que a irmã mais nova, Cristina, se tornara amante do marido. Confia-se à amiga Ella Wolfe: "Às vezes Diego vem me visitar, mas não temos mais nada a dizer-nos, não há o menor vínculo entre nós, ele nunca me conta o que está fazendo e não se interessa nem um pouco pelo que eu faço ou penso. Quando se chega a esse ponto o melhor é afastar-se de vez, e provavelmente é essa a solução que ele vai escolher, e que será para mim uma nova fonte de sofrimento". Sabe bem que sempre o dividiu com muitas mulheres, mas ele é seu amor: "Depois de passar meses afundada no desespero, perdoei minha irmã. Achei que assim as coisas mudariam um pouco, mas é exatamente o oposto".

Trancada na casa azul, Frida pinta, brinca com suas bonecas, suas joias e suas roupas zapotecas, olmecas, toltecas, maias, astecas, amarra fios de lã vermelha no cabelo e usa corpetes com jabôs enfeitados com rendas e bordados de seda sobre o corpo martirizado. Como rivalizar com a atriz María Felix, a nova amante de Diego, que dizem ser a mulher mais bela do mundo? Às vezes assina suas cartas como La Malinche, como se Diego fosse seu Cortés, e sua ira desperta, sabe que o gênio dispensa as brincadeiras fáceis, mas é mais forte que ela: "Uma certa carta que encontrei por acaso num certo paletó de um certo senhor e a ele endereçada por uma certa moça da longínqua e ferrada Alemanha, que imagino ser a dama que Willi Valentiner teve a bela ideia de mandar para cá para que se distraísse sob pretextos 'científicos' e 'arqueológicos', me deixou fora de mim e provocou, para ser sincera, meu Ciúme".

Frida coleciona amantes homens e mulheres, mas de nada adianta. Diego por sua vez constrói, como um faraó, sua própria pirâmide, que virá a ser o museu Anahuacalli de Coyoacán. Diego Rivera se torna ele próprio um monumento nacional mexicano tão famoso no exterior quanto as praias de Acapulco e os jardins suspensos de Xochimilco, e Frida sempre implorando: "Acho que na verdade sou um pouco estúpida e ligeiramente rude, pois todas essas coisas aconteceram e se repetiram durante os sete anos em que vivemos juntos, e todas as minhas fúrias só me levaram a entender melhor que amo você mais do que a mim mesma, e, embora você não me ame da mesma maneira, você me ama pelo menos um pouco, não é mesmo?... Ame-me só um pouquinho. Eu adoro você. Frida".

Agora só os embates políticos os aproximam, bem como a oposição dos dois aos stalinistas. Carta a Ella Wolfe: "Imagine que no outro dia encontrei o desgraçado do Siqueiros na casa de Misrachi e ele teve a petulância de me cumprimentar, isso depois de escrever aquele artigo nojento no *New Masses*. Tratei-o como um cachorro e nem respondi; quanto a Diego, fez ainda pior. Siqueiros lhe disse: 'Como vai, Diego?', e Diego puxou o lenço, cuspiu nele e recolocou-o no bolso, não cuspiu na cara dele porque tinha muita gente e teria virado um escândalo, mas posso lhe dizer que Siqueiros fez uma cara de velho percevejo esmagado e se afastou de rabo entre as pernas".

Na Espanha, naquele ano de 1936, Tina Modotti, agora camarada María Ruiz, empreende missões humanitárias, missões de ligação. Ao lado do marido, o grande comandante Carlos, frequenta os stalinistas, entre eles o pintor David Alfaro Siqueiros, que foi da turminha do México e não esquecerá a ofensa de Diego Rivera, e o general Kotov e sua companheira Caridad Mercader, mãe do Ramón que assassinará Trótski depois do fracasso da tentativa de Siqueiros. Os conflitos sangrentos no interior do campo republicano ainda são imperceptíveis aos olhos dos voluntários internacionalistas. E continuarão sendo, mesmo depois da derrota, quando, na clandestinidade da Resistência francesa, os stalinistas seguirem eliminando anarquistas e trotskistas. É assim que María Ruiz frequenta tanto Hemingway, que, por descuido talvez, apoia os tchekistas, como Orwell ou Dos Passos, que apoiam o POUM.

Quando a derrota se consumar, Vidali e Modotti serão novamente enviados para o México. Diego Rivera obteve do presidente Cárdenas a concessão de um visto para o proscrito Trótski. Tina abandona Vidali. Vive sozinha e não reata com os antigos amigos, os sobreviventes da turminha. Diego e Frida estão mais ou menos reconciliados e juntos recebem Trótski e Natália em Coyoacán. Tina Modotti vive com outra identidade em algum lugar da enorme cidade. Manteve o prenome María. É uma mulher de mais de quarenta anos, de cabelos já grisalhos. Tampouco volta à fotografia. Tudo isso acabou. Uma noite, volta sozinha para casa pela calçada em que viu seu belo Antonio, que lhe dava o braço, morrer diante dela. Ouve os estalos dos dois tiros. Talvez fale demais, a camarada María. Um anarquista afirmará depois tê-la ouvido, numa noite de desânimo, lamentar o fato de Vidali não ter sido morto na Espanha. Sabe demais sobre o assunto, a camarada Tina. Morre sozinha no fundo de um táxi em janeiro de 1942, menos de dois anos depois do assassinato de Trótski. De ataque cardíaco. É enterrada no cemitério de Dolores, na Cidade do México.

Também Victor Serge morrerá num táxi da capital, a caminho do correio. Os revolucionários da Oposição de Esquerda estavam, como qualquer um, sujeitos a ataques cardíacos nos táxis da Cidade do México.

Assim viveu santa Tina, a traidora, morta em combate talvez, depois de ter se desencaminhado.

## Tina y Alfonsina

Porque os dois prenomes são indissociáveis em nossas memórias, porque as duas mulheres levaram suas vidas em paralelo no mesmo momento, ergamos para elas esse túmulo que merecem. São os acasos da miséria italiana, a fuga dos camponeses, os navios lotados de pobres que povoam os romances de Traven, os bairros insalubres dos imigrantes amontoados nas Américas. As duas nasceram nas províncias do norte, Alfonsina na fronteira com a Suíça, nos últimos anos do século XIX. Uma vai ao encontro do pai em San Francisco, no bairro de Little Italy, a outra desembarca no porto de Buenos Aires, bairro de Palermo, aos quatro anos de idade.

Por sorte ou calamidade, as duas são bonitas: reparam nelas, como se diz. Tina trabalha um pouco no cinema e Alfonsina vira atriz aos quinze anos, depois autora, aos vinte e quatro, de uma primeira coletânea de poemas sobre a qual diz que foi "escrita para não morrer". Personagem deslocada, feminista no país do machismo, professora de crianças deficientes, musa das bibliotecas populares do Partido Socialista de Buenos Aires, jornalista sob o pseudônimo asiático Tao Lao, Alfonsina abandona depressa esse primeiro "mel romântico" influenciado pela poesia modernista do nicaraguense Rubén Darío. Desenvolve seu talento no seio do que já se denomina, na Argentina e nos anos 20, o pós-modernismo.

Dedica sua coletânea *Languidez* a "todos aqueles que, como eu, nunca realizaram um só sonho". Sua glória é brutal e frágil, é recebida como uma diva nos palácios atlânticos de Mar del Plata. Em Buenos Aires, faz parte do grupo de La Peña, que na época se reunia no café Tortoni. Ali convive com Borges, Pirandello, Marinetti, depois se junta a outro grupinho, o Signos, do hotel Castelar, onde conhece Ramón Gómez de la Serna, Federico García Lorca. Alfonsina cruza o Prata rumo a Montevidéu, talvez cante o tango no café Sorocabana, como antes no café Tortoni. Tem um romance com o uruguaio Horacio Quiroga.

Adotando o modelo do livro de Nordahl Grieg, seria bom escrever *As que morrem jovens*, dedicado a Reisner, Kahlo, Modotti, Storni. Muito depressa o voo da borboleta multicor fica lento e pesado. A poesia da dama morena se recobre de uma doce e terrível obscuridade, deixa-se invadir pelas duas imagens incessantes do mar e da morte, a morte e o mar, uma inundação lenta e inexorável de vagas negras, de *Frente al mar* a *Un cementerio que mira al mar* ou *Alta mar* até o premonitório *Yo en el fondo del mar*. Em outubro de 1938, enquanto Tina ainda está na Espanha, Alfonsina se instala pela última vez num hotel balneário de Mar del Plata. Alguns meses antes, ao tomar conhecimento do suicídio de Horacio Quiroga, escrevera este poema epônimo:

> *Morir como tú, Horacio, en tus cabales,*
> Morrer como tu, Horacio, tão lúcido,
> *Y así como siempre en tus cuentos, no está mal;*
> E como sempre em teus contos, não destoa;
> *Un rayo a tiempo y se acabó la feria...*
> Um disparo bem-vindo e fim de festa...
> *Allá dirán...*
> Deixe que falem...

Horacio Quiroga morrera como em seus contos e Alfonsina morrerá como em seus poemas. Em 22 de outubro, compõe o último deles e o envia a Buenos Aires, *Voy a dormir*. Três dias depois, segundo a lenda e a história da canção popular, depois de esperar em vão por um último amante, ou pelo menos por um telefonema dele, entra no mar e se afoga. Gotículas em forma de coroa acompanham seus passos lentos mar adentro, e seus lábios talvez murmurem o primeiro dístico de *Dolor*, escrito doze anos antes:

> *Quisiera esta tarde divina de octubre*
> Quisera nesta tarde divina de outubro
> *Pasear por la orilla lejana del mar...*
> Passear pela costa distante do mar...

As divinas tardes de outubro na Argentina não são de outono, mas de primavera austral. Alfonsina entra nas águas douradas do poente. Depois do afogamento da caminhante nostálgica, da Ofélia atlântica, um compositor, Félix Luna, compõe o bolero *Alfonsina y el mar*, no qual retoma alguns versos do último poema, *Voy a dormir...*

> *Te vas, Alfonsina, con tu soledad...*
> Partes, Alfonsina, em tua solidão...

E no túmulo de Tina Modotti, no cemitério de Dolores, na Cidade do México, em vez destes versos do poeta stalinista Pablo Neruda, ali gravados,

> *Tina Modotti, hermana, no duermes, no, no duermes:*
> Tina Modotti, irmã, não dormes, não, não dormes:
> *Tal vez tu corazón oye crecer la rosa*
> Talvez teu coração ouça crescer a rosa
> *De ayer, la última rosa de ayer, la nueva rosa.*
> De ontem, a última rosa de ontem, a nova rosa.
> *Descansa dulcemente, hermana.*
> Descansa docemente, irmã.

escolho para ela estes, de Alfonsina Storni, na cumplicidade das duas, de grandes apaixonadas:

> *Si en los ojos te besan esta noche, viajero,*
>   Se alguém te beija os olhos esta noite, viajante
> *Si estremece las ramas un dulce suspirar,*
>   Se num suave suspiro as folhas estremecem,
> *Si te oprime los dedos uma mano pequeña*
>   Se teus dedos aperta uma pequena mão
> *Que te toma y te deja, que te logra y se va*
>   Que te prende e larga, que te detém e parte,
>
> *Si no ves esa mano, ni esa boca que besa,*
>   Se não vês essa mão, nem a boca que beija,
> *Si es el aire quien teje la ilusión de besar,*
>   Se é o ar que fabrica a ilusão de beijar,
> *Oh, viajero, que tienes como el cielo los ojos,*
>   Ó, viajante, de olhos de céu,
> *En el viento fundida ¿me reconocerás?*
>   Fundida no vento, me reconhecerás?

Eugénie, com lágrimas nos olhos
Viemos te dizer adeus
Partimos logo cedo
Sob um céu dos mais serenos
Partimos para o México
Partimos de velas ao vento
Adeus, então, bela Eugénie
Voltaremos daqui a um ano

*uma canção da Legião Estrangeira*

## os pés sobre a Terra

*Podemos falar e agir e pensar*
*Ainda assim somos prisioneiros deste mundo insensato*
ARTHUR CRAVAN

Mesmo tendo sido comprado no México, sua concepção é europeia e coloca a Europa no centro do mundo. É um planisfério do tipo Mercator, e Trótski, em Coyoacán, está de pé diante da Europa. Perdido nas margens, à direita e à esquerda, o estreito de Bering está invisível e o Pacífico, dividido em dois.

Vê seus próprios percursos no espaço ao longo de algumas dezenas de anos, desde a Sibéria, onde, deportado, fora parar no povoado de Ust-Kut, que nenhum mapa menciona, uma dezena de isbás à beira do Lena, até o Canadá, onde fora preso pelos ingleses em Halifax, passando por todos os países da Europa que atravessou, a Alemanha, a Sérvia, a Romênia, a Bulgária, a Áustria-Hungria, a Espanha, a Itália, a Turquia, a Suíça, a França, a Noruega, a Dinamarca, uma volta ao mundo do hemisfério norte. Trótski nunca ultrapassou a Linha do Equador. Suas histórias são de brancos do norte, histórias da Europa. Nem o Brasil nem a África. Nem a Índia nem a China, onde está em jogo a história do nosso século.

De pé nesse escritório de Coyoacán, Trótski continua sem dúvida a localizar involuntariamente a Sibéria a leste, do lado direito, quando aqui deveria localizá-la do lado esquerdo. Se o México estivesse no centro do planisfério, daria para ver que a Europa fica a leste, para além de Tampico, e do outro lado a Sibéria, a oeste, para além de Vancouver. O planisfério Mercator é um obstáculo epistemológico.

E para os franceses, concluída a Guerra da Indochina, quando as tropas coloniais embarcavam em Marselha com destino a Saigon, ficava difícil imaginar que, depois que os americanos os sucederam, os B-52 já não voavam para o leste, que o Vietnã ficava defronte à Califórnia, que tudo se dava em torno do Pacífico e que a Europa estava situada na face oculta do planeta.

Trótski é ucraniano, portanto europeu, e desde sua chegada à América, durante a Primeira Guerra Mundial, quando desembarcou do *Montserrat* junto com Arthur Cravan, inquietava-se com o futuro da Europa: "O fato econômico da maior importância é que a Europa se arruína nas próprias fontes de sua riqueza enquanto a América enriquece. E, contemplando com inveja Nova York, eu, que ainda não me desfiz de meus sentimentos de europeu, pergunto-me, angustiado, se a Europa conseguirá resistir... Será que o centro de gravidade da vida econômica e cultural não passará para este lado, para a América?". Em meio ao suicídio coletivo dos europeus, da juventude da Europa sacrificada na carnificina de Verdun, prevê que, "mesmo em caso de vitória dos Aliados, a França, depois da guerra, quando a fumaça e os gases se dissiparem, estaria, na arena internacional, na situação de uma grande Bélgica".

Trótski se instala diante da escrivaninha, limpa os óculos, acende a luz, passa da Geografia à História. Diante dele a pequena biblioteca sobre a história do México que pediu ao belo Van que reunisse. Ele é assim, Trótski, e sua curiosidade é enciclopédica. Quer se imiscuir na história deste país, cavoucar seus subterrâneos até o começo do século passado para compreender o presente. Desde as guerras da independência do padre Hidalgo e de Morelos, as dezenas de presidentes, até o surgimento do herói Benito Juárez. A vida exemplar da criança indígena nascida longe de tudo nas *sierras* do sul, o órfão cuja vida deveria ser a de um pastor no meio dos brejos e que decide sozinho descobrir o mundo, percorre as dezenas de quilômetros de colinas que levam a Oaxaca, vê pela primeira vez uma cidade. Ele que sabe apenas zapoteca aprende num instante espanhol, latim e francês, torna-se advogado, governador de Oaxaca, presidente do México, e tenta promulgar a primeira lei de separação entre Igreja e Estado.

Foi em 1860, quando muita coisa estava em jogo, no México e por toda parte. Naquele ano, Garibaldi à frente dos Mille toma Nápoles e a Sicília e inventa a Itália, o império eslavo alcança o Pacífico e o czar ordena a fundação de Vladivostok, o Senhor do Leste. Algumas centenas de russos se instalam em volta de uma igreja de madeira e constroem um porto. Com seus dois milhões de habitantes, Londres ainda é a cidade mais populosa do mundo. A Europa da revolução industrial se espalha pelo planeta. Ferdinand de Lesseps começa a cavar o canal de Suez e a fazer da África uma ilha. Em 1860 os exércitos coligados da França e da Inglaterra dominam a China e pilham o Palácio de Verão em Pequim. É a Europa vitoriosa das locomotivas negras e dos navios a vapor, das expedições geográficas e do progresso científico. Enquanto, naquele ano de 1860, Henri Mouhot descobre os templos de Angkor, enquanto Pasteur escala o Mar de Gelo a partir de Chamonix e demonstra que não existe geração espontânea, fuzila-se numa praia de Honduras o aventureiro William Walker, que, depois de ter sido o efêmero presidente de uma república que tinha separado do mapa do México para uso pessoal, tomara a Nicarágua para ali cavar o canal interoceânico. Naquele ano de 1860, no México, explode o conflito entre os conservadores católicos e os liberais liderados por Benito Juárez. Depois de ter promulgado a lei de nacionalização dos bens eclesiásticos, o presidente é cassado e começa a guerra civil.

A partir da derrota de William Walker, que contou com uma contribuição modesta do exército francês, Napoleão III assina secretamente com o novo governo da Nicarágua um contrato para a perfuração do canal. Os Estados Unidos e a Inglaterra ameaçam intervir. Alguns meses depois, o imperador muda de opinião e as tropas desembarcam em Veracruz. O Segundo Império põe no trono Maximiliano da Áustria. Ele, que se recusara a tornar-se rei da Grécia, é agora o imperador do México.

A Inglaterra e a Espanha, que no início haviam apoiado a expedição colonial, jogam a toalha. Apesar do heroísmo da Legião Estrangeira em Camarón, sessenta e dois homens que resistiram durante um dia inteiro a dois mil, entrincheirados numa fazenda em chamas sem água nem comida, antes que os últimos seis sobreviventes investissem durante a noite com suas baionetas, a situação é confusa, e o corpo expedicionário é atacado por todos os lados pelas tropas fiéis a Benito Juárez. Os franceses são derrotados em Puebla em 1862. O general Bazaine vence no mesmo lugar no ano seguinte, depois entra em Guadalajara e obriga Porfirio Díaz a entregar Oaxaca. Cinco anos depois, o general Bazaine se retira e Maximiliano I, que pegou gosto pelo trono e talvez pelos *tacos*, recusa-se a abdicar. Juárez manda fuzilá-lo em Querétaro em junho de 1867.

No mesmo ano, Auguste Pavie manda erguer no Laos um monumento em memória de Mouhot. A França, que abandona o México, amplia seu poder na Indochina. Os templos de Angkor tornam-se para o Segundo Império o que foram as pirâmides do Egito para o Primeiro. Na América Central surge a lenda do velho branco e alto que teria escapado das tropas de Juárez, que teria fugido de barco e descido pela costa do Pacífico. Lembro-me de um mecânico de San Salvador, há cerca de vinte anos, que garantia ser descendente direto de Maximiliano e cuja família possuía efetivamente alguma prataria e vários objetos marcados com o monograma do imperador, e que se dirigia a mim com certa acrimônia, como se eu fosse a França personificada e devesse restabelecê-lo em suas funções.

Três anos depois, em setembro de 1870, o Segundo Império se esfacela. Aquele que se tornou marechal Bazaine ao voltar do México, preso em Metz, capitula diante dos prussianos sem combater. Para ele, antes o inimigo que a Comuna. A República o condena por traição. Ele fugirá para a Espanha.

Depois de Benito Juárez recuperar o poder no México durante algum tempo, o general Porfirio Díaz reinará por várias dezenas de anos de modo quase ininterrupto. É a terrível Paz Porfiriana retratada no *Vulcão* de Lowry: "Juan, pequeno escravo de sete anos, viu, com seus próprios olhos, o irmão mais velho ser espancado até a morte, o segundo irmão ser vendido por quarenta e cinco pesos e morrer de fome sete meses mais tarde, pois era mais barato para o proprietário deixar morrer seu escravo trabalhando e substituí-lo por outro que alimentá-lo decentemente. Essa realidade tinha um nome: Porfirio Díaz".

Mas é também a modernidade das máquinas e da eletricidade, a riqueza da indústria, o luxo das grandes casas do fim do século no México atrás de suas grades, as fontes, os parques sombreados e proustianos, as lutas sanguinárias pelo poder que leremos nos romances de Martín Luis Guzmán, secretário de Pancho Villa. O capitalismo gera, como se sabe, o proletariado, e, de acordo com a dialética marxista, colabora assim para a própria derrota e para a Revolução. Para as cavalgadas dos exércitos de Zapata no sul e de Villa no norte, que em 1914 fundam no México a bela revolução mexicana de que o presidente Lázaro Cárdenas é herdeiro. Agora Trótski sabe onde está, no espaço e no tempo. Está pronto para retomar aqui o combate, a partir desta ilhota de democracia que resiste sozinha cercada pelo nazismo, pelo fascismo e pelo stalinismo, para lutar contra a falsificação histórica, contra Termidor, para brandir o estandarte, para criar uma Quarta Internacional.

A seu lado, no escritório de Coyoacán, estão o belo Van e Alfred Rosmer, companheiro desde os tempos do trem blindado, desde Prinkipo, que ficou no México depois de trazer Sieva de Paris. Os três põem ordem nos arquivos que Trótski prefere enviar para um lugar seguro, a biblioteca da Universidade Harvard. Vinte e dois mil documentos salvos das pilhagens, dos assaltos e dos incêndios, carregados de Moscou por todo o planeta, e as cópias de quatro mil cartas que Trótski, ao longo desses anos, ditou em russo, inglês, francês e alemão.

Considera-se a possibilidade de organizar no México um contraprocesso de Moscou. Os três homens classificam e fazem cópias das provas que apresentarão nas audiências. Corrigem juntos uma última versão de *Minha vida*, para a qual Trótski, em pé diante do planisfério Mercator, com as mãos às costas, dita um texto de apresentação. Quer ser breve e conciso como um homem que a morte persegue e cujo tempo é contado:

"Na qualidade de comissário do povo das Relações Exteriores, conduzi conversações de paz em Brest-Litovsk com as delegações alemã, austro-húngara, turca e búlgara. Na qualidade de comissário do povo da Guerra e da Marinha, dediquei cerca de cinco anos à organização do Exército Vermelho e à reconstrução da Frota Vermelha. Durante o ano de 1920, adicionei a esse trabalho a direção da rede ferroviária, que estava desmantelada. Descontados os anos da guerra civil, a parte essencial de minha existência foi constituída pelas atividades de militante do Partido e de escritor."

Suas cinzas repousarão no centro do pequeno jardim tropical.

# em Cuernavaca

No Dia dos Mortos, enquanto a festa popular segue a pleno vapor e a roda-gigante ergue aos céus suas cadeirinhas, o doutor Arturo Díaz Vigil e Jacques Laruelle, depois de uma partida de tênis, instalam-se na frente de uma garrafa de Anís del Mono no terraço do Cassino de La Selva, que domina a cidade. Lembram-se do Cônsul assassinado no Farolito um ano antes. Jacques Laruelle, diretor de cinema, deixa a cidade e não voltará mais. Já faz tempo que Laruelle alimenta o projeto de filmar na França "*a modern film version of the Faustus story with some such character as Trotsky for its protagonist*".

Nos primeiros meses de 1937, enquanto Trótski, de Coyoacán, retoma seu combate revolucionário e consulta seus arquivos preparando o contraprocesso de Moscou que acontecerá no México, Lowry percorre todas as ladeiras de Cuernavaca e inventa os lugares de seu romance. Haverá de modificá-los depois de descobrir Oaxaca, importará do sul a igreja de Nuestra Señora de la Soledad e o Farolito, construirá a cidade fictícia com nome pré-hispânico: "Dezoito igrejas e cinquenta e sete bares são a glória de

Quauhnahuac". Jacques Laruelle, que foi amigo do Cônsul e amante de sua mulher Yvonne, ocupa, no alto da rua Nicarágua, uma casa curiosa, equipada com uma espécie de torrezinha, repleta de quadros de José Clemente Orozco e Diego Rivera. Na fachada está gravada uma frase de Frei Luis de León: *No se puede vivir sin amar.* Quando escolhe essa casa para Jacques Laruelle, Lowry jamais pôs os pés em seu interior. Irá alugá-la dez anos mais tarde, com o *Vulcão* já concluído, ao partir de Vancouver para voltar a Cuernavaca. Mais adiante a casa será o hotel Bajo el Volcán, onde eu fizera uma reserva antes de deixar a Cidade do México. Chegara num meio-dia à estação rodoviária e ali comprara um mapa. A rua Nicarágua do romance é a rua Humboldt. No fundo do jardim, o quarto 127, no térreo, se abre para uma balaustrada de ferro-forjado pintado de verde, acima dos bambus que sobem da ribanceira do rio. Embaixo se ouvia o barulho da torrente que brota da neve dos vulcões. Eu tinha um encontro marcado com Francisco Rebolledo, que saíra da Cidade do México vinte anos antes, ensinava literatura e cinema na Universidade de Cuernavaca e acabara de publicar um ensaio sobre o *Vulcão, Desde la barranca*, ilustrado com mapas e fotografias em preto e branco.

Naquele começo de dezembro de 2007 o Popocatépetl entrara em erupção e o jornal *La Jornada* dera a manchete: "*Don Goyo lanza fumarola de dos kilómetros de altura*". Protegido da queda das cinzas, instalado num dos cinquenta e sete bares, no Estrella ou no Universal, eu comentava a estátua equestre de Zapata que acabara de ver do ônibus e que transgredia a tipologia que em outros tempos haviam me ensinado em Havana. De acordo com ela, quando os quatro cascos do cavalo estão apoiados no solo, o herói morreu de morte natural; uma pata levantada significa que ele morreu em decorrência de seus ferimentos; se tem as duas patas da frente descoladas do chão, morreu em combate. Via-se aqui, no meio de um cruzamento, Emiliano Zapata, que, contudo, fora assassinado traiçoeiramente na *hacienda* San Juan Chinameca, investir com a espada ou o facão desembainhado sobre um cavalo a galope, crina de bronze ao vento, sem que nenhum de seus cascos sequer roçasse o solo. Chegamos a evocar o filme de Elia Kazan, *Viva Zapata!*, e o roteiro de John Steinbeck, enquanto percorríamos a cidade, do palácio de verão de Maximiliano ao palácio de Cortés, onde estão os murais de Rivera. Eu também queria ver as obras de Vlady, morto aqui dois anos antes. O Cassino de La Selva havia virado um supermercado Mega, e o hotel da praça onde Yvonne entra ao amanhecer, um prédio de escritórios.

Por uma escada havíamos descido ao fundo da ribanceira, ao longo das raízes de trinta metros agarradas às muralhas de pedra como grossos nervos raquidianos para ir matar a sede lá embaixo no riacho no meio da selva, ali onde apodreciam os corpos do Cônsul e do cachorro que jogaram em cima dele, e agora retomávamos nossa caminhada na companhia do fantasma de Geoffrey Firmin com seus óculos escuros, ex-cônsul da Grã-Bretanha, demissionário desde o rompimento das relações diplomáticas, e que ficara lá, sozinho em Quauhnahuac, desde que sua mulher Yvonne o deixara, esperando de manhã cedo o barulho da cortina de ferro sendo erguida com estardalhaço na entrada do bar ou da *pulquería* mais próxima, mas "não era ele que corríamos o risco de encontrar cambaleando pela rua. Bem, pode ser, às vezes acontecia, caso necessário, de ele se deitar no chão, como um *gentleman*, mas quanto a cambalear, isso não, de jeito nenhum!". Lowry vai ao encontro de sua poltrona verde de vime na varanda, sua pilha de livros e sua Remington portátil, sua biblioteca, que é a biblioteca do Cônsul no *Vulcão*, Gógol e Tolstói, Shakespeare e Shelley, Spinoza, Duns Scot e os místicos, "e só Deus sabe por que um *Peter Rabbit*—tudo está no *Peter Rabbit*, gostava de dizer o Cônsul".

Jan foge para Veracruz, vai encontrar um amante, e Lowry compõe o hino aos corações dilacerados, inocula-se alcoóis transparentes como uma peste branca, vê as neves eternas e rosadas no horizonte sobre a *sierra*, os dois vulcões Popocatépetl e Iztaccihuatl e embaixo a ravina, a grande fenda em zigue-zague da ribanceira, o abismo pútrido, reza para "*the Virgin for those who have nobody with*", reza "à Virgem por aqueles que não têm ninguém a seu lado", La Virgen de La Soledad. Procura uma maneira de fazer tudo isso entrar no romance. A avenida da Revolução e o Cassino de La Selva. O palácio de Cortés e os murais de Diego Rivera e a roda-gigante. As ruínas do palácio de verão de Maximiliano e sua viúva Carlotta, ou Charlotte, que enlouqueceu de solidão ao retornar à Bélgica da infância. O Cônsul e o Imperador. Os heróis faustianos que venderam a alma ao diabo.

Geoffrey Firmin, o Cônsul de barbicha trotskista, beberica a noite inteira seus *mezcalitos* no balcão. Não lê a carta de Yvonne, "por que parti, meu amor, por que você me deixou partir?". Revê o pequeno bimotor vermelho vivo, "o aviãozinho da Companhia Mexicana de Aviação, minúsculo demônio vermelho carregado pelas asas emissárias de Lúcifer". Índios dormem sentados com as costas nas paredes, os chapelões caídos sobre os rostos. O Cônsul desbrava os bares sombrios com mesas empurradas contra as paredes. Velas definham nos gargalos das garrafas de cerveja Moctezuma, último imperador asteca de Tenochtitlán. Invoca a lembrança de Yvonne como um simulacro tramado com os filamentos do passado. Mais tarde ela voltará, um ano depois, no Dia dos Mortos. É o privilégio do romance, trazer de volta os amores que partiram. À luz acobreada do amanhecer, ela entrará na penumbra do hotel onde o Cônsul passou a noite encostado no balcão, e é uma cena da Aparição das Santas Escrituras. O Cônsul a vê sem acreditar, "sem dúvida ligeiramente ofuscado pela luz do sol, que desenhava uma silhueta um pouco vaga, em pé, ali, diante dele, com a mão passada pela alça de uma bolsa vermelho vivo que comprimia contra os quadris". Os dois morrerão no crepúsculo.

O Cônsul, com uma bala na barriga, será atirado no fundo da ribanceira depois de ser chamado de bolchevique.

## o contraprocesso

Sem que nada, nenhuma nota ou correspondência, comprove o fato, não é inverossímil imaginar que é na Cidade do México, durante uma de suas visitas mensais para receber a mesada do pai, que Lowry descobre, lendo um jornal, a presença de Trótski em Coyoacán. No *hall* do hotel Canadá, à avenida Cinco de Maio, Lowry terá folheado um exemplar do cotidiano *El Universal*, que na época publica um suplemento em inglês para uso dos gringos. Anuncia-se ali a abertura do contraprocesso de Moscou no México.

O presidente Lázaro Cárdenas aceitou que uma comissão conduzida por estrangeiros venha julgar Trótski no México. Está na primeira página, e os vendedores de jornais já apregoam a novidade pelas ruas. A direita acusa Cárdenas de ultrajar a soberania nacional, e os stalinistas, de proporcionar uma tribuna ao renegado diabólico. O contraprocesso terá lugar na casa azul de Frida Kahlo, transformada em fortaleza para a ocasião, guaritas e sacos de areia na entrada da rua Londres, homens armados. Sem dúvida prendem-se ou deportam-se os animais do jardim, o macaco-aranha, o cervo, a galinha. Os pássaros já não ousam beber água na fonte. As audiências se inauguram em 10 de abril de 1937.

O filósofo nova-iorquino John Dewey, sessenta e oito anos, democrata, professor universitário, renomado especialista em ciências da educação, aceitou presidir o júri. É uma sumidade moral sobre a qual não pairam suspeitas de que apoie Stálin ou Trótski. Durante seis dias, da manhã à noite, a comissão funciona como um tribunal. Os jurados interrogam e os advogados respondem, o acusado depõe. Todos os debates são em inglês. Com a ajuda de Van, Trótski extraiu dos arquivos as múltiplas provas destinadas a demonstrar a fragilidade das acusações que lhe fazem. A aposta é considerável. Trótski aceitou entregar-se, caso sua inocência não fosse provada. Com precisão matemática, Van apresenta os documentos que comprovam as incoerências entre lugares e datas, as falsas declarações extraídas à força, descrevem a maquinaria infernal dos processos de Moscou. Stálin quer justificar seus fracassos e a fome que grassa usando a traição e a sabotagem, quer também e principalmente reinar sozinho. Logo, Trótski e ele serão os dois últimos sobreviventes do Comitê Central de 1917.

A primeira grande encenação, o processo do "Centro terrorista trotskista-zinovievista", chamado Processo dos Dezesseis, realizou-se alguns meses antes, quando Trótski estava na Noruega, em agosto de 1936. Todos os acusados, entre eles os velhos companheiros de Lênin, Zinóviev e Kámenev, foram executados no dia seguinte ao veredicto. A segunda encenação, o processo do "Centro antissoviético trotskista de reserva", chamado Processo dos Dezessete, foi inaugurada em janeiro de 1937, logo depois da chegada de Trótski a Tampico. Diante do procurador Vichínski, os velhos heróis torturados, cujas famílias já estavam encarceradas, são acusados de todos os crimes dos quais, pelo estudo dos arquivos, Trótski procura inocentá-los. As refutações de Trótski são implacáveis e pouco a pouco ele vence, convence. Quando no final lhe perguntam se valia a pena, se ele não vendeu a alma ao diabo aliando-se àqueles que hoje escamoteiam a verdade, se, mesmo inocente dos crimes de que é acusado em Moscou, não assume uma parte da responsabilidade pela própria Revolução, se teria valido a pena Kazan para chegar a Lubianka, Trótski responde com uma frase que Natália e Frida, talvez, compreendam melhor do que John Dewey: "A humanidade ainda não conseguiu até hoje racionalizar sua história. É fato. Nós, seres humanos, não conseguimos racionalizar nossos corpos e nossos espíritos. É verdade que a psicanálise procura ensinar-nos a harmonizar nosso físico e nossa psicologia, mas sem grande êxito até agora".

Quanto às alianças políticas que foi obrigado a fazer ao longo da ação revolucionária em que esteve engajado dia e noite desde os dezoito anos, não pode arrepender-se de nada, porque a História é assim, é sempre no presente que é preciso agir, decidir, e esperar o tempo necessário para ver com clareza, com o necessário distanciamento, é condenar-se a nunca fazer nada. Desde seu primeiro encontro com Lênin, em Londres, no começo do século, os dois discordaram. Na época Trótski viajava com o pseudônimo de Pero, e tudo isso está nos arquivos. A genialidade e a perfídia de Lênin haviam consistido em batizar seu grupo com o nome de Bolcheviques, os Majoritários, obrigando todos os outros, inclusive Trótski, mais numerosos, a tornarem-se os Mencheviques, os Minoritários. Em seguida ele se juntara a Lênin porque se os dois não se unissem a Revolução teria fracassado, e a Revolução não podia fracassar. Claro, é possível trancar-se num quarto como Pascal e não cometer erro algum. A responsabilidade diante da História é a mesma — por não ter agido.

Faz calor no jardim da casa azul, lenços enxugam rostos e nucas. A palavra está com o acusado e Trótski dá início a sua longa defesa, com uma declaração final em inglês de mais de quatro horas: "A questão não é saber se podemos atingir a perfeição absoluta da sociedade. Para mim, a questão é saber se podemos dar grandes passos à frente, e não procurar racionalizar o caráter de nossa história sob o pretexto de que depois de cada grande passo à frente a humanidade faz um pequeno desvio e mesmo dá um grande passo atrás. Sinto muito por isso, mas a responsabilidade não é minha. Depois da Revolução, depois da Revolução Mundial, é bem possível que a humanidade esteja cansada. Para alguns, para uma parte dos homens ou dos povos, uma nova religião pode aparecer, e assim por diante. Mas estou certo de que o fato terá representado um grande passo à frente, como a Revolução Francesa. Sei que ela terminou com a volta dos Bourbon, mas o mundo ficou com o avanço, os ensinamentos e as lições da Revolução Francesa".

O conjunto das audiências da comissão Dewey será publicado em Nova York com o título *O caso Trótski*, um relatório de seiscentas páginas cujas conclusões declaram o acusado inocente dos crimes de que é acusado em Moscou. Um julgamento como esse, democrático, realizado por inimigos da União Soviética, não tem por que inquietar Stálin; talvez, ao contrário, sirva para alimentar a teoria da conspiração, demonstrar a traição de Trótski, aliado dos capitalistas e dos imperialistas, e acelerar ainda mais a máquina infernal.

A partir do mês seguinte, maio de 1937, instaura-se em segredo o processo da "Organização militar trotskista antissoviética". O Exército Vermelho é decapitado, todos os generais e oficiais acusados são executados, entre eles Uboriêvitch, o vencedor de Vladivostok. Em março de 1938 será a vez do processo do "Bloco dos direitistas e dos trotskistas antissoviéticos", chamado processo dos Vinte e Um, no qual morrerá Bukhárin, que acolhera Trótski em Nova York durante a Primeira Guerra Mundial. E à margem dos grandes processos acontecem as purgas, as execuções, os campos de concentração, as centenas de milhares de prisões, depois milhões delas, os escravos enviados para as minas da Sibéria. O horror que se descobrirá em vinte anos com a leitura de *O céu de Kolimá*, de Ievguênia Ginzburg, a humanidade aviltada, a loucura assassina. Quando os jornalistas perguntam a John Dewey o que ele pensa de Trótski, do homem com quem conviveu ao longo daqueles dias, para além de seu papel histórico, ele responde que "é um personagem trágico. Tamanha inteligência natural, tão brilhante, prisioneira dos absolutos".

Claro que Trótski vai morrer no exílio, essa última testemunha que se recusa a calar-se, ameaçado pelos comunistas mexicanos e pelos fascistas sinarquistas, ele bem que desconfia que isso vai acontecer, mas tudo recomeçará, para o bem e para o mal. A frase de Bolívar é bem conhecida: "Aquele que serve a uma revolução ara o mar". *La Revolución nunca se acaba*. Em vinte anos, Ernesto Guevara e o grupinho dos clandestinos cubanos empreenderão a escalada do Popocatépetl, com o objetivo de enrijecer os corpos na neve e fortalecer a solidariedade que os une, antes de embarcar no *Granma*. Em quarenta anos, os novos sandinistas derrubarão a ditadura somozista na Nicarágua. Em sessenta anos, os novos zapatistas se sublevarão no estado de Chiapas. As cadeirinhas sobem aos céus e descem a cada volta da roda-gigante, que gira no *Vulcão* de Malcolm Lowry e também sobre a Viena devastada de Graham Greene.

# Malcolm & Graham

Em 1937, enquanto Lowry está em Cuernavaca e Trótski em Coyoacán, outro escritor inglês desembarca no México. Este é católico fervoroso e agente secreto. Graham Greene chega para escrever um romance no qual os revolucionários mexicanos perseguem e fuzilam os padres, um romance sobre a miséria dos homens e os horrores da História. Graham Greene se beneficia do anonimato de que Trótski não pode desfrutar, anda nas ruas sem guarda-costas, senta-se no interior das igrejas. O escritor russo e o escritor inglês terão um leitor comum e entusiástico, mais tarde Prêmio Nobel de Literatura, que detectará, em seu exercício de admiração, que os dois, por caminhos opostos, foram homens justos.

 François Mauriac sobre Trótski: "O que acontece com esse menino judeu educado fora da religião? Não é justamente por isso que a paixão pela justiça monopoliza todas as suas forças? Literato de nascença, à medida que ele cresce o adolescente não se torna o pequeno Rastignac que todos conhecemos. Não deseja sequer fazer carreira na revolução e pela revolução. Quer mudar o mundo, simplesmente".

"Na vida desse menino com tantos talentos, desse primeiro da classe em todas as disciplinas, que mão misteriosa corta uma a uma todas as raízes do interesse pessoal, separa-o e finalmente o arranca de um destino normal para jogá-lo num destino quase incessantemente trágico em que as prisões, as deportações, as fugas funcionam como intervalo para um interminável exílio?"

François Mauriac sobre Greene: "A força e a glória do Pai explodem nesse padre mexicano que gosta demais de álcool e que engravidou uma de suas paroquianas. Tipo tão vulgar, tão medíocre, que seus pecados mortais só despertam zombaria e indiferença, e que tem conhecimento disso".

"Há a natureza corrompida e a Graça todo-poderosa; há o homem miserável que não é nada, inclusive no mal, e esse misterioso amor que o domina no âmago de sua ridícula miséria e de sua patética vergonha para fazer dele um santo e um mártir."

O padre alcoólatra e decadente de Graham Greene volta e cruza de novo a fronteira atendendo ao chamado de um moribundo, mesmo sabendo, ou suspeitando, que se trata de uma emboscada e que está se jogando na boca do lobo.

Lowry e Greene nunca se cruzaram no México. Pode-se imaginar que mais tarde Greene leu o *Vulcão* antes de escrever *O cônsul honorário*. De um lado a impecável eficácia romanesca que nada é capaz de entravar, o impecável criador que segue com maestria seu duplo ofício de agente secreto e romancista, e que em cada lugar do mundo volta imediatamente ao trabalho — *O poder e a glória* no México, *O terceiro homem* em Viena, *Um americano tranquilo* em Saigon, *Nosso agente em Havana* em Cuba —, e do outro a grande bagunça de Lowry, o absoluto e eterno tatear de Lowry que sempre começa escrevendo uma novela, o relato de um momento de sua vida — uma viagem marítima da Inglaterra para a Noruega, uma viagem de ônibus de Cuernavaca até a Cidade do México —, e que durante anos, versão após versão, perde-se em sua barafunda de livros e garrafas, retoma, rasga ou extravia e retoma, até as duas mil páginas do *Ballast* que viram cinza na cabana em chamas, e que com todas essas novelas transformadas em romances queria construir uma obra única e dantesca, desmedida, de que cada romance seria um círculo ou um capítulo, *The Voyage that Never Ends*, projeto que, sabe bem, a começar pelo título, nunca chegará ao fim.

Para Lowry e Trótski, porém, a questão é bem mais ampla: saber com que objetivo vender a própria alma ao diabo. Saber o porquê dessa bela e terrível solidão e dessa doação de si que os fazem abandonar a vida que gostariam de ter e os seres amados para buscar cada vez mais longe o fracasso que virá coroar seus esforços.

Ambos têm o mesmo apreço pela felicidade, uma felicidade simples e antiga, da floresta e da neve, do nado na água gelada e da leitura. Em relação aos dois, tentar entender o que os empurra para os eternos combates perdidos de antemão, o absoluto da Revolução ou o absoluto da Literatura, nos quais eles nunca encontrarão a paz, a satisfação do dever cumprido, é aproximar-se do mistério da vida dos santos. Esse vazio que sentimos, esse homem, em sua insuportável finitude, que não é o que deveria ser, essa insatisfação, essa recusa da condição que nos é dada, e ao mesmo tempo esse imenso orgulho de também conseguir roubar uma fagulha, mesmo sabendo que acabarão acorrentados às pedras, continuando, assim, a mostrar-nos, eternamente, que tentaram o impossível e que o impossível pode ser tentado. O que eles apregoam e que tantas vezes fingimos não ouvir é que estamos todos atados ao impossível.

## a cidade da noite terrível

> *Oaxaca! A palavra ecoou como um coração que se parte, como o brusco clangor de carrilhões engolidos pelo vendaval, como as últimas sílabas pronunciadas por lábios que morrem de sede no deserto.*
> MALCOLM LOWRY

Depois de um último bafafá no hotel Canadá da Cidade do México, Lowry carrega as malas de Jan escada abaixo. Dois homens a esperam dentro de um carro para levá-la para a Califórnia. Ele paga a conta do hotel e toma o ônibus para o sul, desce progressivamente da região mais transparente do ar, passa por cactos e agaves, depois por pinheiros, *ahuehuetes*, compõe um poema cujo título, para alguns, é melhor em espanhol, *Cuando el maguey cede paso al pino*, Quando o agave dá lugar ao pinheiro.

O milagre de Cuernavaca já ficou para trás, a cidade da Eterna Primavera. Oaxaca será a "cidade da Noite Terrível, mais terrível que a de Kipling". Lowry se instala no hotel Francia, o mesmo em que esteve D. H. Lawrence antes de escrever

*A serpente emplumada* e depois que sua mulher o deixou e voltou para a Europa. Como se toda a literatura devesse ser inventada por um único escritor exilado sob pseudônimo. Lowry veio aqui para sofrer e não se decepcionará. Desde sua chegada, em seu delírio e sua paranoia, acha que é seguido por espiões de óculos escuros, e talvez seja verdade. Depois de mais de um ano no México, consegue pronunciar *Mérrico* e *Uarraca*, aprende algumas palavras de espanhol. Durante esses meses de solidão, seu único amigo será Juan Fernando, grande índio de dois metros que não é Cravan, cavaleiro zapoteca do Banco Nacional de Crédito Ejidal, o banco da reforma agrária de Lázaro Cárdenas, encarregado de escoltar a cavalo pelas colinas o dinheiro que segue para os camponeses e que mais tarde será assassinado como o índio vítima de assalto no *Vulcão*, e Lowry escreverá *Escuro como o túmulo onde jaz o meu amigo*.

No pátio do hotel Francia, os telegramas que não lê ardem no fundo dos cinzeiros. É a decadência. Está no fundo da ravina, estendido no esgoto da ribanceira, com um frio na barriga de medo de não ter coragem de construir beleza. Empurra com o ombro a porta das igrejas, avança sob as cúpulas douradas, procura consolo e vê, no alto das colunas torcidas que imitam Bernini, o céu azul-claro dos anjos. Nas paredes das absides, os agradecimentos pintados em pequenas placas de lata recortadas dos galões de óleo, os ex-votos para todas as Virgens da Misericórdia. "Por que parti, meu amor? Por que você me deixou partir? Amanhã sem falta chego aos Estados Unidos, em dois dias à Califórnia. Espero encontrar uma palavra sua à minha espera. Amo você."

Lowry arrasta a carcaça pelos bares e na sua cabeça ressoam "os escarpins vermelhos de martelar lacônico". Diante das garrafas enfileiradas de cerveja Moctezuma, um pequeno altar sobre o balcão em que a Madona é aureolada por guirlandas de velas elétricas e flores de plástico. *La Virgen de las Causas Difíciles y Desesperadas*. Não sabe mais onde caiu no sono. Se está ajoelhado com a testa apoiada num genuflexório na capela repleta de ouro e velas como uma refinaria em chamas ou sentado no bar El Infierno. "Ela estava com sua bolsa vermelho vivo na mão." Procura num dos bolsos os fragmentos de seu grande poema de amor e de sangue com o silogismo atroz. *No se puede vivir sin amar. No se puede amar* ergo *No se puede vivir*. "Ah, se te amo, amo-te ainda com todo o amor do mundo, mas meu amor está tão afastado de mim, se soubesses, tão estranho, até me parece ouvi-lo ao longe, muito longe..." Aprendeu também a dizer *cerveça merricana una más*, e reza para todas as Virgens de todas as Guadalupes, "se entro numa rua você está lá. À noite, quando me arrasto até minha cama, você me espera ali. O que mais existe na vida senão o ser que adoramos ou a vida que construímos juntos?". Bebem-se rodadas por conta do gringo *borracho* e todos zombam dele trocando cotoveladas. Um cafetão sentado à mesa com uma garota de seios grandes se vangloria da qualidade higiênica de suas *murreres merricanas*:

— *Veri sanitari*.

Lowry se sente culpado. Procura lembrar-se do quê. Culpado de não produzir beleza e de não agir na História. Durante a guerra, o Cônsul era capitão de um navio caçador de submarinos alemães. Deixou que seus homens queimassem prisioneiros na caldeira. Lowry paga seu mescal com o suor dos operários miseráveis das tecelagens de algodão de Liverpool. Não escreve o *Vulcão*, mas a impossibilidade de escrever o *Vulcão*, notas e desenhos rabiscados nos cardápios datilografados do hotel Francia de Oaxaca, hoje conservados, como as relíquias de um santo, em Vancouver. Essa obra, "é preciso que seja tumultuada, tempestuosa, cheia de trovoadas, o vivificante Verbo Divino deve ressoar nela proclamando a esperança do homem, mas ao mesmo tempo ela deve ser equilibrada, séria, repleta de ternura, de piedade e de humor".

Agora estamos em 1938, e a brincadeira acabou.

Depois que o presidente Lázaro Cárdenas foi a Londres anunciar a nacionalização do petróleo de Tampico, a Inglaterra rompeu relações diplomáticas com o México.

Em Liverpool, sem notícias, o pai de Lowry se inquieta. O filho foi jogado na prisão, acusado de embriaguez e de perturbar a ordem pública. Falangistas espanhóis e pró-nazistas fomentam uma contrarrevolução, querem derrubar Cárdenas e assassinar Trótski. Lowry vê um abutre ou um urubu sobre a pia, *zopilote* ou condor dos Andes. O esqueleto do Cônsul subiu a ribanceira de quatro, muito branco, óculos escuros na cara de defunto, atravessa a praça e acompanha Lowry até o banco. Os espiões de óculos escuros são homens de confiança. Foram enviados pelo pai para retirar o filho do México. Sua fortuna e sua consciência familiar são suficientemente consideráveis para salvar o filho indigno. Ou talvez, secretamente, o filho preferido.

 O que sabe sobre seu filho Malcolm esse pai que não o vê há quatro ou cinco anos? O pai que, durante a temporada nova-iorquina do filho, todas as semanas lhe enviava, pelos navios da Cunard, o *Times Literary Supplement* e tabaco inglês para o cachimbo? O que pressente? Como escrever a história do filho sem a do pai? Arthur Lowry abandonou os estudos aos quinze anos, aos dezenove se tornou contador, aos vinte e um, caixa principal, e hoje é acionista da empresa de importação e exportação Buston & Co.

 É um *self-made man*, membro do clube de natação e medalha de prata em salvamento no mar. Tem orgulho de matricular os filhos em Cambridge, ao lado dos que se deram bem na vida. Arthur Lowry é um inglês vitoriano, ciente de seus direitos e do direito da rainha de estender, como escreveu Kipling, seu *"dominion over palm and pine"*, porque Deus assim o quis. Conhece o mundo e as palmeiras e os pinheiros. Os negócios do grande capitalismo inglês o fizeram trilhar o planeta. Egito, Rússia, Palestina, Argentina, Peru, Texas. Mas nada, jamais, o ajudou a resolver o enigma desse filho.

 Será que pressente que o descanso e o esquecimento lhe serão para sempre negados por ser pai de um gênio, e ainda a calamidade de que seu sobrenome, por séculos, apagado em seu túmulo, ainda estará escrito nos livros? Por que será que não corta seus víveres, como ameaçou tantas vezes? Por que não permite que leve uma vida normal, ao risco de perdê-la? Seus homens de confiança recolhem os papéis espalhados pelo quarto do Francia, acompanham o filho para o norte até a fronteira, instalam-no em Los Angeles, no hotel Normandy. Todos os meses lhe darão recursos suficientes para pagar a hospedagem e a alimentação. Durante quase um ano, Lowry vai aperfeiçoar ali, em seu quarto californiano, os manuscritos do *Ballast* e do *Vulcão*, economizar na comida e nos cigarros para pagar uma datilógrafa. Aos vinte e nove anos seu *status* é o de maior incapaz à beira da loucura. O pai contratou um advogado para acertar por um preço módico o divórcio de Jan.

No ponto de ônibus entre os bulevares Western e Hollywood, Malcolm Lowry conhece Margerie Bonner. Como Tina Modotti, uma antiga *starlet* de Hollywood. Lowry se apaixona. Seu visto vai expirar. O pai resolve mandá-lo para o Canadá. Os homens de confiança organizam sua instalação em Vancouver. Lowry parte sozinho. Escreve esta frase, que poderia ser uma boa definição de seu gênio e também de um certo número de outras doenças mentais: "Eu não sou eu, mas o vento que sopra através de mim".

Ei-lo a salvo e exilado do México. Terá de esperar até acabar o *Vulcão* para voltar a Oaxaca com Margerie.

## Lloyd & Loy

> *No México, ser covarde e temer pela própria vida são duas coisas completamente diferentes.*
>
> MALCOLM LOWRY

Um que não escapará é o outro poeta inglês: vinte anos antes de Lowry ele passa por Oaxaca e também gostaria de fugir, sair do México. Não conseguirá.
    Fabian Lloyd acaba de casar-se em segredo com Mina Loy. Trocam a Cidade do México por Oaxaca, mais ao sul chegam ao porto de Salina Cruz, no golfo de Tehuantepec, onde vão ao encontro de alguns cúmplices. Juntos, tentam comprar um barco capaz de navegar em alto-mar para deixar clandestinamente o país.

Lloyd abandonou a companheira Renée em Barcelona prometendo-lhe um retorno muito improvável. Ou então que mandaria buscá-la um dia para encontrá-lo em Nova York. Abandonou os amigos Gleizes e Picabia, embarcou no *Montserrat* junto com Trótski, a quem se apresentou com seu nome de poeta e boxeador, Arthur Cravan.

O sobrinho escandaloso do escandaloso Oscar Wilde sofre de bicho-carpinteiro, e já da Catalunha escrevia para a mãe em Lausanne: "Aliás, não pretendo ficar aqui. Primeiro vou para as ilhas Canárias, Las Palmas, provavelmente, e de lá para a América, para o Brasil...".

Em Nova York conhece Mina Loy, pintora, poeta, atriz. Ela acaba de ser eleita "Representante da Mulher Moderna" pelo *New York Evening Sun*. Os Estados Unidos entram na guerra e desembarcam suas tropas em Saint-Nazaire. Lloyd receia ser recrutado e ter de partir para o front. Embora nascido na Suíça, é inglês e pode ser mobilizado. Viaja sozinho para o Canadá, volta para Nova York e se reúne a Mina; os dois resolvem partir para a Argentina. Agora ambos sonham com Buenos Aires, de que Marcel Duchamp, que acaba de deixar Nova York, fala muito bem: "Em Buenos Aires respira-se um maravilhoso perfume de paz, uma tranquilidade provinciana que me obriga a trabalhar".

Longe das carnificinas da Europa e da vida mundana de Nova York, os dois poetas de vanguarda, se o projeto tivesse dado certo, teriam frequentado em Buenos Aires, tal como Alfonsina Storni, os grupinhos poéticos do momento: o de La Peña, cruzando com Borges e Marinetti, o de Signos, cruzando com Ramón Gómez de la Serna e Federico García Lorca. Falta pagar a viagem para o Cone Sul. Cravan planeja viajar sozinho e por terra, ganhar a vida pelo caminho. Uma vez lá, mandaria buscar Mina. Atravessa a fronteira do México pelo rio Grande em dezembro de 1917 usando o nome Fabian Lloyd.

Consciente de que o boxe, mais que a poesia, poderia ajudá-lo, leva consigo recortes de jornais que atestam seus sucessos passados. Talvez também uma reprodução do quadro de Van Dongen que o retrata com as luvas erguidas. Tal como Traven, joga com as nacionalidades. Para não chamar a atenção das autoridades consulares britânicas, declara-se aleatoriamente suíço, canadense ou francês. Arthur Cravan foi campeão dos meio-pesados na França. Com esse nome, venceu em Atenas o campeão olímpico Georges Calafatis.

Na Cidade do México, faz parte da Escuela de Cultura Física da rua Tacuba.
 Muito depressa, porém, tudo degringola. Está sozinho e sente-se perdido, implora pela presença de Mina. As quinze cartas que lhe envia durante aqueles poucos meses poderiam ser de Lowry em Oaxaca ou de Rimbaud em Aden. Como Gauguin nas ilhas Marquesas, ele terá subestimado o poder devastador da solidão. "Nunca acreditei que fosse possível sofrer dessa maneira, chego a temer por meu equilíbrio." Está doente e perde o pé, em seus delírios às vezes assina as correspondências como se estivesse em Buenos Aires, embora ainda no México. "Tenho um medo terrível de enlouquecer. Não como mais e não durmo mais." Essa não é a melhor preparação para um boxeador. Arrasta-se no ringue e ainda assim consegue impor-se do alto de seu metro e noventa e oito para cento e cinco quilos. "Ou você vem ou eu vou para Nova York ou me suicido. Estou possuído por um desses amores excepcionais, assim como só aparecem grandes talentos de cinquenta em cinquenta anos." A existência é insuportável. "Morrer da alma é dez mil vezes pior que morrer de câncer." Está ensopado de suor malsão sob os ventiladores da sala de treinamento, entre os odores de bálsamo bengué e de arnica, a escrita está bloqueada. "A vida é atroz." Mesmo assim promete ainda a Renée, que ficou em Barcelona, que um dia haverão de reencontrar-se.
 Mina cede, vai encontrá-lo. Casam-se em segredo.

Como vai precisar de dinheiro para fugir, Arthur Cravan, campeão da França, desafia Jim *Black Diamond* Smith pelo título de campeão do México. Sabe que não está em condições de lutar e negocia no contrato uma boa quantia em caso de derrota. Sabe que vai perder e é o que acontece. Aguenta dois *rounds*, Smith mantém seu título, vence por nocaute na segunda contagem. O prêmio para o vencido é de dois mil pesos, mas Cravan é generoso e Mina já não sabe muito bem quanto ainda restava quando os dois partiram para Oaxaca: "Fabian ganhou mais ou menos dois mil pesos numa luta de boxe na Cidade do México, soma que compartilhou em boa parte (com os treinadores etc.) porque queria que também tivessem proveito com a luta os homens que o haviam ajudado quando estava morrendo de fome e doença".

Os jornais falam de uma revanche em Veracruz, cartazes são impressos. Mas para Lloyd, sem a menor dúvida, aquela é apenas uma manobra, um disfarce para justificar sua partida da Cidade do México. Todos pensarão que está na costa atlântica quando chegar à costa do Pacífico. Em Salina Cruz, descobrem que Mina está grávida. Para poupá-la das semanas que deveriam passar a bordo de uma barcaça, Fabian paga para ela uma cabine num navio japonês de partida para a Argentina via canal do Panamá. Os dois se encontrarão em Buenos Aires. Por ora, ele e seu pequeno grupo de amigos procuram discretamente um barco para comprar. Lloyd viaja sozinho para Puerto Ángel, a quatro dias por mar de Salina Cruz, onde lhe acenam com um negócio. Em suas lembranças, Mina confunde Ángel com Ángeles. Também não se lembra se os rapazes pretendiam passar pelo canal ou se, por razões de clandestinidade, contavam transpor o cabo Horn, bem ao sul.

Lloyd segue com três ou quatro fugitivos, entre eles um marinheiro de San Francisco que talvez também seja um desertor. Imaginam que podem formar uma tripulação. "Todos juntaram o dinheiro que tinham e o deram a Fabian para que comprasse um barco. Ficaram à espera no hotel de Salina Cruz para evitar as despesas suplementares da viagem até Puerto Ángeles — não tinham dinheiro sobrando — e viram-se em grandes dificuldades quando Fabian não voltou." Em Buenos Aires, Mina se inquieta. Está sem notícias e sem tostão. "Ele havia separado trezentos pesos para me enviar, pois estava muito preocupado comigo — mas temia fazer isso do México achando que a polícia secreta descobriria sua intenção de partir para a Argentina e passaria a vigiá-lo." Passa semanas indo ao correio. Mina espera Cravan como Piaf teria esperado Cerdan. Ele nunca mais dará sinal de vida.

Naquele verão de 1918, um ano e meio depois de ter deixado Barcelona a bordo do *Montserrat*, Trótski sobe o Volga para derrotar a Legião tcheca em Kazan.

Assim como mais tarde o pai de Lowry se dirigirá à legação britânica no México, a mãe de Lloyd, alertada por Mina, responde-lhe: "Vou escrever ao cônsul britânico no México para ver se ele tem alguma informação sobre Fabian. Assim o desaparecimento passará a ser oficial". O que inquieta a mãe é que um desaparecimento impede que se resolva a questão da herança. Fabian não é seu filho preferido, o preferido é o outro, o mais velho, o pintor fracassado, não Cravan, esse provocador que desde a adolescência se encheu de admiração pelo tio sodomita Oscar Wilde, enquanto seus primos tiveram de trocar o sobrenome para não usar o do pai, coberto de infâmia. Contesta também a validade do casamento do filho com Mina, de quem exige que apresente provas. Mina Lloyd finalmente volta para a Inglaterra, onde nasce sua filha Fabienne.

Em Londres, Mina entra em contato com o serviço secreto britânico, que dá início a uma investigação, e redige para eles seu testemunho. Este será retomado por Maria Lluïsa Borràs que, de Barcelona, tentará reunir todos os elementos do dossiê: "A ideia de que o marinheiro possa tê-lo matado também me ocorreu", escreve Mina, "pelas mesmas razões que você sugere. Mr. Cattell, ao contrário, não acha que isso seja possível, pois o marinheiro queria tanto quanto os outros chegar à Argentina e não tinha solução melhor que a de juntar-se a eles, pois não encontraria melhor companhia para empreender a viagem. Além disso, Cattell diz que ele não era má pessoa. O marinheiro sumiu sem deixar rastros. Entramos em contato com seus amigos em San Francisco, que nunca mais ouviram falar nele".

Durante anos continuarão circulando hipóteses fantasiosas. O gigante teria sido visto em vários lugares do México. Dirão que ficou podre de rico depois de embolsar os direitos de um romance, *O tesouro de Sierra Madre*, publicado sob o pseudônimo de Traven. E vem à cabeça uma vez mais a frase de Ortega y Gasset que Lowry copia e que diz que cada um de nós escreve a ficção de sua vida à medida em que ela acontece.

Que o poeta inglês e campeão de boxe da França tenha morrido afogado no Pacífico ou tenha sido assassinado em Puerto Ángel, ou ainda que tenha encontrado Renée, cuja pista também sumiu—seja como for, *O desaparecimento de Arthur Cravan* é o grande romance de aventuras de Fabian Lloyd e bem poderia ser assinado por Traven.

# em Vancouver

Da janela de vidros grossos do Granville Island Hotel, na Johnston Street, tento enxergar para além do píer, onde balançam pequenos iates brancos cintilantes de geada, e, para além das águas frias do Pacífico, a alta torre de concreto do hotel Azimut, sobre o porto de Vladivostok, onde Lowry desembarcou do *Pyrrhus* em 1927. Ali ele concluiu sua grande volta na roda-gigante. Ei-lo treze anos depois, na Colúmbia Britânica.

Sherrill Grace vai comigo até o outro lado do parque Stanley para ver enfim onde ficava essa bendita cabana do Canadá, na praia de Dollarton. Na entrada da floresta, uma placa anuncia que *"Malcolm Lowry, author, lived with his wife in a squatter's shack near this site"*. Seguimos pela trilha entre as grandes árvores muito verdes com troncos enormes e úmidos, pinheiros e bordos, pedras, neve, descemos no frio ainda intenso da primavera em direção à margem e à água cristalina da baía de Burrard, nessa paisagem que se oferece inteira, em que "palavras como primavera, água, casas, árvores, galhos, loureiros, montanhas, lobos, baía, rosas, ilhas, florestas, marés e cervo, e neve, haviam assumido seu verdadeiro ser". Lowry se tranca em sua cabana de madeira sobre pilotis onde escreverá a frase trotskista do Cônsul, "o pecado original foi ter sido proprietário de terras", onde evocará William Blackstone, o erudito de Cambridge que foi viver entre os índios da América, longe do puritanismo das vilas canadenses e dos avisos nos bares, "Proibido servir álcool a índios e a menores de idade". Às vezes, diante dele, um cervo cruza o fiorde a nado.

Margerie vem ao seu encontro e pela segunda vez Lowry se casa às escondidas do pai, cuja modesta pensão os obriga a levar a vida mais simples e frugal do mundo. Lowry racha a lenha e os dois sentam muito juntos na frente do fogo. "Sim, aquele era o lugar deles no mundo e eles se amavam." As remessas do pai não teriam como resolver o problema ontológico do filho. Numa carta a seu editor Jonathan Cape, que é também editor de Traven e Hemingway, Lowry, que há sete anos não publica nada, afirma: "resolvi enfrentar minha 'fantasmagoria mescaliana', o *Vulcão*, e me dediquei a fundo a escrever esse projeto que nesse meio-tempo passou a ser uma aventura espiritual".

Durante aquele primeiro inverno quase sem álcool, com as montanhas de um azul gelado à frente, no horizonte, Lowry, bem agasalhado e com os dedos entorpecidos, escreve à mão páginas e mais páginas que Margerie datilografa. À luz da lâmpada os dois consomem seus dias e suas noites para no fim obter, ora, um romance, tinta preta sobre papel branco, uma obra de poeta recheada com todos os nomes de poetas, com os nomes de todos aqueles que, de Nerval a Baudelaire, já haviam antes dele consumido seus dias e suas noites e assinado os pactos demoníacos dos Faustos de Goethe e Marlowe. "Se pelo menos eu conseguisse representar um homem que encarnasse toda a infelicidade humana, mas ao mesmo tempo a viva profecia de sua esperança!" Lowry quer reunir todo o grotesco e o horror e a beleza da condição humana no último dia do Cônsul, em doze capítulos e doze horas, até seu assassinato pelos fascistas sinarquistas, a queda do anjo de nariz vermelho de palhaço jogado no inferno da ribanceira com um cachorro morto por cima.

Fim de maio de 1940, as grandes folhas verdes e vermelhas dos bordos brotam, o gelo derrete no estreito, Lowry acaba uma terceira versão do *Vulcão* e a envia para os editores.

É preciso ter passado os últimos meses numa cabana de pescador na Colúmbia Britânica, longe dos jornais e do rádio, para não saber que, no fim de maio de 1940, o mundo da edição e o mundo em geral passam por algumas perturbações. Não é realmente um bom momento. Depois que os exércitos alemães invadiram a Polônia e atravessaram a Bélgica, os tanques seguem para Paris e empurram os soldados ingleses para Dunkerque. Em Saint-Nazaire, milhares deles morrem num só naufrágio, o do navio *Lancastria*, da Cunard, bombardeado pelos aviões de Göring. É também o momento em que James Joyce, que acaba de escrever *Finnegans Wake*, convencido de que a guerra mundial é uma vasta conspiração contra a publicação de sua grande obra, deixa o hotel Lutetia e vai suicidar-se à base de Pernod, na linha de demarcação. Naquele fim de maio de 1940, enquanto Margerie vai de ônibus até o correio de Vancouver para despachar o *Vulcão*, na França ocorre o êxodo dos habitantes do norte jogados aos milhares nas estradas com suas trouxas, e, em Coyoacán, a primeira tentativa de assassinato de Trótski.

No meio da noite do dia vinte e quatro, homens vestindo uniformes da polícia mexicana irrompem no jardim e alvejam com metralhadoras Thompson a edícula de tijolos vermelhos dos guardas, depois a construção principal. Na visita à rua Viena na companhia de Sieva, agora o velho Esteban, ele me mostrou o quarto onde, naquela noite, foi atingido por uma bala no pé. E não era uma bala perdida, precisou ele, porque os tiros tinham intenção de matar. Os três ocupantes da casa, Sieva, o proscrito e Natalia, jogaram-se para debaixo das camas.

No dia seguinte, Trótski redigiu seu depoimento para a investigação, mas não viu nada, dormia quando as rajadas foram disparadas do exterior. "Pedaços do vidro das janelas e do gesso das paredes pulavam por toda parte. Um pouco depois, senti que estava levemente ferido na perna em dois lugares. Na hora em que os tiros pararam, ouvimos nosso neto gritar no quarto vizinho: Vovô! A voz da criança nas trevas depois dos tiros ficou como a lembrança mais trágica dessa noite." Foi ele, o avô, que entrou com uma ação na justiça para tirar Sieva do orfanato, e agora também ele está exposto às balas de Stálin. Suas duas filhas Nina e Zina estão mortas, assim como os dois filhos que teve com Natalia, Lev e Serguei. Sieva é seu único descendente. A casa da rua Viena logo é transformada em fortaleza. A proteção é reforçada, colocam arame farpado no alto dos muros do jardim, nas extremidades constroem torres de tijolos com aberturas para os guardas atirarem. Na entrada, uma área eletrificada. Novos guarda-costas serão enviados como reforço pelo Sindicato dos Caminhoneiros de Minneapolis. O recluso voluntário retoma seu trabalho no interior do bastião inexpugnável. Na gaveta da escrivaninha, um Colt .38 e na frente a pistola automática calibre .25, que não servirão para nada.

Os atacantes, cerca de vinte homens divididos em quatro carros, retiraram-se levando o guarda Robert Sheldon Harte, cujo corpo será encontrado depois no fundo de uma fossa coberta de cal. Depois de várias semanas, a investigação apontará como responsável, na liderança dos atacantes, o pintor muralista David Alfaro Siqueiros, membro do Partido Comunista Mexicano, irmão inimigo de Diego Rivera, e como ele membro da turminha dos Dieguitos e dos Macheteros. E Siqueiros, antigo combatente da guerra revolucionária do México, depois da Guerra da Espanha ao lado dos tchekistas, refugiado no estado de Jalisco, frustrado e condenado, deverá partir mais uma vez para o exílio. Pablo Neruda lhe fornecerá um visto para o Chile.

Em 28 de maio de 1940, quatro dias depois desse primeiro e fracassado atentado, Ramón Mercader, sob o nome de Frank Jacson, entra pela primeira vez na casa da rua Viena e encontra Trótski.

Nas horas que se seguiram ao atentado, Diego Rivera, tomado de pânico, fugiu para San Francisco. Acaba de romper com Trótski e de sair com estardalhaço da Quarta Internacional. Tem muitos inimigos no poder, que, se a investigação não avançar, gostarão de vê-lo como suspeito, interrogado e até preso. Talvez tema também por sua vida e ache que será o próximo da lista. Na pressa, e também pela força do hábito, pediu a duas de suas amantes que preparassem sua partida e o acompanhassem, sua assistente Irene Bohus e a atriz Paulette Goddard. Teme que na sua ausência se vinguem dele destruindo sua coleção de arte pré-colombiana, pilhem os milhares de obras para as quais está construindo seu museu de Anahuacalli, e da Califórnia pede a Frida Kahlo que esvazie seu ateliê e suas reservas. Diego e Frida divorciaram-se seis meses antes. Frida está doente e cansada. Ela e sua irmã Cristina foram longamente interrogadas pelos investigadores, que suspeitam que no interior da turminha encontrarão o responsável pelo atentado.

Mesmo assim, Frida acerta os detalhes e as despesas da enorme mudança e envia ao fugitivo uma carta mordaz: "Fico feliz por ter podido ajudar você até a exaustão, mesmo que não tenha tido a honra de fazer 'tanto' por você quanto a senhorita Irene Bohus e a senhora Goddard! Segundo as declarações que você fez à imprensa, são elas as heroínas, as únicas a merecer todo o seu reconhecimento. Não creia que digo isso por ciúme ou por carência de glória, quero apenas lembrar-lhe de que existe mais alguém que merece seu reconhecimento, sobretudo porque essa pessoa não espera nenhum reconhecimento jornalístico ou de qualquer outro tipo... e essa pessoa é Arturo Arámburo. Ele não é marido de nenhuma 'estrela' de renome mundial, não tem 'talento artístico', mas tem colhões, e fez de tudo para ajudar você, e não apenas você mas também Cristina e eu, que ficamos totalmente sozinhas".

Junta à carta as duplicatas de todas as faturas pagas para motoristas e caminhões, caixas de madeira e embalagens preciosas de milhares de estatuetas do futuro museu Anahuacalli de Coyoacán, sua raiva não arrefece, "e agora mais do que nunca entendo suas declarações e a 'insistência' da senhorita (?) Bohus em querer me conhecer. Sinto-me muito feliz de tê-la mandado pro diabo. De acordo com uma carta muito amável que você enviou à Goodyear, você a convidou para ser sua assistente em San Francisco. Imagino que já esteja tudo combinado. Contanto que ela tenha tempo para iniciar-se na arte do mural em seus momentos de lazer, entre os passeios a cavalo pela manhã e seu 'esporte' favorito: o adestramento de velhos libidinosos. Quanto à senhora Goddard, agradeça-lhe mais uma vez por sua cooperação tão oportuna e magnífica...".

A paixão ciumenta de Frida Kahlo é tenaz: sete anos depois, mesmo estando novamente casada com Diego Rivera há algum tempo, fará um retrato de corpo inteiro de Irene Bohus em que seus braços são pênis eretos. Entre suas pernas, tão peludas que delas nascem folhas, seu sexo é enorme, e de sua vulva aberta, encimada por uma cabeça de diabo, corre água. O desenho a lápis é datado de 1947. Nesse ano, dez anos depois de voltar do México, Antonin Artaud publica *Van Gogh, o suicida da sociedade*, e Malcolm Lowry, *À sombra do vulcão*.

Pois naquela primavera de 1940 a terceira versão do *Vulcão* é recusada. Margerie volta do correio, desce do ônibus e põe o pacote sobre a mesa de madeira da cabana. Talvez tenha comprado um jornal, e talvez nesse jornal uma pequena nota mencione o atentado contra Trótski. Lowry retoma o manuscrito sem imaginar que ainda serão necessários sete anos de trabalho e emendas. É o momento da batalha da Inglaterra e dos bombardeios de Londres e Liverpool. A Blitz. Lowry teme ser recrutado e ter de partir para o front da Segunda Guerra Mundial assim como Cravan temia ser enviado para o front da Primeira. A exportação de libras esterlinas está proibida e as remessas do pai deixaram de chegar ao Canadá. É verão. Lowry e Margerie passeiam de barco sobre as águas calmas da baía de Burrard, fazem piquenique na floresta. "O mar estava azul e frio. Nele, nadariam todos os dias. E todos os dias subiriam por uma escada no quebra-mar antes de voltar correndo para a cabana..." Seus amigos pescadores às vezes lhes davam caranguejos. Um dia ficam sabendo da morte do pai, que nunca lerá o *Vulcão*.

Lowry vai ao quebra-mar, mergulha e nada em direção ao alto-mar até ficar exausto. Margerie se inquieta com seu desaparecimento. Arthur Lowry, campeão de fisiculturismo e de natação, já não tem como ajudar Malcolm. Os dois não se viam havia seis ou sete anos. Será que Arthur Lowry esperava em segredo o sucesso de Malcolm e a desforra sobre seu irmão Wilfrid, tão parecido com ele, o herói dos hábitos ingleses do esporte e da finança, selecionado na juventude entre os membros da equipe nacional de rúgbi para enfrentar a França em Twickenham? Malcolm transido e trêmulo empurra a porta da cabana e sem uma palavra retoma o manuscrito do *Vulcão*. Não poderá matar o pai já morto. Aos trinta e poucos anos, desfruta dos direitos legais do menor de idade que a morte do pai acaba de emancipar.

Depois, vem um novo outono e o frescor cortante do ar puro, as caminhadas na floresta e os trabalhos de marcenaria, o embarcadouro para reforçar, o telhado que é preciso revestir, o barco que é preciso calafetar, a lenha que é preciso juntar. Às vezes vai até lá embaixo desprender uma madeira flutuante que a maré jogou entre os pilotis. Depois, um novo inverno, e a neve isola seu pequeno reino. "Não veriam nunca ninguém com exceção de dois ou três pescadores cujos barcos brancos ancorados na baía olhariam balançar." Só o velho amigo Dylan Thomas, o poeta cuja desintegração alcoólica será digna do Cônsul, convida-os uma noite, de passagem por Vancouver.

De versão em versão, de ano em ano, o *Vulcão* canibal engole toda a vida de Lowry e Margerie e também todo o ruído do mundo. Os ecos da guerra mundial e os horrores da História. Tudo isso entra pela bocarra, desce pela chaminé de pedra para ser digerido na caldeira infernal. A Guerra da Espanha e os comunicados da Confederação dos Trabalhadores Mexicanos Antitrotskistas, os anúncios das lutas de boxe dos sucessores de Cravan. Os sonhos revolucionários e as bobagens da política de que zomba o Cônsul, em sua embriaguez mescaliana de advogado do diabo: "E depois foi a vez do pobrezinho do Montenegro indefeso. Da pobrezinha da Sérvia indefesa. Ou bem, se voltamos um pouco atrás, para o tempo de seu querido Shelley, da pobrezinha da Grécia indefesa...". À medida que fica sabendo da morte de seus amigos, a lembrança que tem deles entra no *Vulcão* como num panteão. John Sommerfield, "comunista e grande apreciador de Rosé d'Anjou", que publicara *Volunteer in Spain* na volta de seus combates nas Brigadas Internacionais. James Travers, morto carbonizado no deserto num tanque britânico durante a batalha de El-Alamein. Nordahl Grieg, o poeta icariano carbonizado no céu de Potsdam.

Deixamos a praia de Dollarton, de onde desapareceram há muito tempo as cabanas de madeira, tomamos a trilha da floresta cheia de brotos e botões. Um pouco de neve brilha ao sol. Sherrill Grace me acompanha até a universidade da Colúmbia Britânica, onde estão os documentos que quero consultar. "Yvonne examinava atentamente um documento que ele lhe jogara por cima da mesa. Era um velho cardápio de restaurante todo sujo, todo desbeiçado, que dava a impressão de ter sido achado no chão ou ter passado a vida no fundo de um bolso, e que era objeto reiterado de sua leitura alcoolicamente aplicada."

Esse velho cardápio datilografado todo sujo do restaurante do hotel Francia de Oaxaca que aparece no *Vulcão*, romance que fui ler no pátio desse mesmo hotel Francia de Oaxaca, aparece dezenas de anos depois a milhares de quilômetros. A vertigem é comparável àquela dos últimos endereços. Pelo elevador, um arquivista de luvas brancas trouxe-o do subterrâneo com umidade controlada sobre um carrinho niquelado, como um cadáver para a autópsia. E religiosamente colocou-o, assim como outros documentos, sobre a mesa de madeira encerada da biblioteca, páginas como que retiradas do inferno e um pouco chamuscadas com as brasas do Hades. Esboços, rabiscos e pedaços de frases à caneta. "Auroras cuja fria beleza de narciso é encontrada na morte." Veem-se narcisos no *Vulcão* como se veem narcisos em todos os romances de Lowry, e a palavra *daffodils* é tão bonita quanto a francesa *jonquilles*.[7] Imagens que poderiam ser de Trótski ou de Tolstói mas são de Lowry, e cantam "a primavera que acompanha a música da neve derretendo, a primavera sobre a estepe russa".

---

7. Em português, "narcisos". (N. T.)

Sem deus, nem Gérard de Nerval nem Van Gogh teriam morrido. Digo: não teriam morrido da maneira suja como morreram; por mais velhos que fossem, ainda estariam vivos e na vida; porque é deus, o eterno espírito da consciência pequeno-burguesa do homem, que não quis saber de poesia, da poesia deles, e que acendeu sob o coração de Van Gogh e Gérard de Nerval o espírito da demência…

*Antonin Artaud, carta a Maurice Nadeau*

## rumo à terra dos tarahumaras

Outro que sobreviveu ao México e cujos ossos não foram para o fundo do oceano nem secaram no deserto é Artaud, o Momo.

Em 31 de outubro de 1936, véspera do Dia dos Mortos e da primeira chegada de Malcolm Lowry ao México, Antonin Artaud embarca no porto de Veracruz no navio francês *Mexique* rumo a Saint-Nazaire. Esse deus da consciência pequeno-burguesa, que segundo Artaud não gosta dos poetas e os deixa loucos, armou em segredo essa curiosa passagem de bastão, como se não houvesse espaço para os dois no mesmo território: em vinte e quatro horas Artaud se afasta da costa atlântica e Lowry desembarca do *Pennsylvania* no porto de Acapulco, na costa pacífica.

O poeta guatemalteco exilado Luis Cardoza y Aragón, autor de *Luna Park*, que acolhe Artaud no México nove anos antes, descreve-o como um homem de quarenta anos, magro e precocemente envelhecido, que em pouco tempo já não sabe muito bem o que foi fazer no México. Pedem-lhe conferências. Tenta publicar seus textos nos jornais. Os cinéfilos informados lembram-se de seu belo rosto de galã de olhos brilhantes nos filmes de Abel Gance ou Claude Autant-Lara, de Carl Dreyer ou Fritz Lang. Dois anos antes, quando Lowry e Trótski ainda estavam em Paris, Artaud publicou, também em Paris, *Heliogabalo ou o anarquista coroado*, seguido por *A conquista do México*, depois que Anaïs Nin apresentou-lhe *Mornings in Mexico*, de D.H. Lawrence, mas no México ainda era visto como um poeta surrealista, e isso o irritava.

Claro, no começo acreditou. Chegou até a arregaçar as mangas e provar que era capaz de se organizar quando o objetivo era preparar a Revolução. No balaio de gatos surrealista, Artaud foi o responsável pelo Comitê de Divisão de Tarefas e decidia que cartas deveriam ser enviadas e quem deveria escrevê-las:

"Carta a toda a crítica: André Breton e Louis Aragon,

Carta aos médicos-chefes dos manicômios: Robert Desnos e doutor Fraenkel,

Carta ao Ministério da Educação Pública: Pierre Naville e Benjamin Péret,

Carta aos reitores de todas as universidades europeias: Michel Leiris e André Masson,

Carta aos grandes mestres de todas as universidades asiáticas e africanas: Paul Éluard e René Crevel,

Carta à administração-geral da Comédie Française: Francis Gérard e Mathias Lübeck."

Mas há dez anos, como Soupault, mandou tudo às favas e Breton não teve nem tempo de excluí-lo. Acertou as contas com o grupo em *À la grande nuit ou le Bluff surréaliste*, denunciou "sua atividade recheada de ódio miserável e de veleidades sem futuro". Breton pedira que todos os membros se inscrevessem no Partido Comunista Francês. Para Artaud, "o marxismo é o último fruto podre da mentalidade ocidental". Stalinismo ou trotskismo, tanto faz. Substituir a burguesia pelo proletariado não mudaria nada nessa civilização doente de máquinas e de Progresso. A solução é espiritual ou metafísica. "Toda a base, todas as exasperações de nossa refrega giram em torno da palavra Revolução."

Em suas conferências, irá exortar a revolução mexicana de Lázaro Cárdenas a proteger-se do marxismo como da peste e a empreender ao contrário uma revolução contra o Progresso: "Esperamos do México, em resumo, um novo conceito de Revolução e também um novo conceito de Homem", uma volta à Terra Vermelha e à Cultura Vermelha. Artaud consultou o *Popol-Vuh* e a farmacopeia, procura a cultura solar e o despertar do Pássaro-Trovão.
"A cultura racionalista da Europa faliu. Vim para o território do México em busca das bases de uma cultura mágica que ainda pode brotar das forças do solo indígena." Não quer ir a Cuernavaca nem a Oaxaca nem a Guadalajara, essas cidades onde já há tantos mestiços e gringos. A pintura de Diego Rivera é para ele europeia demais, francesa demais, desnaturada e contaminada por Montparnasse. Seria preciso ir mais longe, mais alto sobre o altiplano, cavar mais fundo o velho solo vermelho indígena. Fica decepcionado e irado. "Vim ao México para fugir da civilização europeia, resultado de sete ou oito séculos de cultura burguesa, e por ódio dessa civilização e dessa cultura. Esperava encontrar aqui uma forma vital de cultura e encontrei apenas o cadáver da cultura da Europa, de que a Europa já começa a se desvencilhar."

Seria preciso fugir para longe do México. Uma vez proferidas as conferências na Universidade e na Aliança Francesa, ele patina, passa os dias nos cafés escrevendo suas *Mensagens revolucionárias* e procurando ópio. Sem dinheiro e sem a possibilidade de recorrer ao boxe para se reabastecer, hospeda-se aqui e ali, aluga por algum tempo um quarto num bordel perto da praça Garibaldi, frequenta cafetões e traficantes e é trapaceado. Artaud não consome maconha nem mescal e a heroína é difícil de obter, procura em vão na Colonia Buenos Aires. Segundo o depoimento de um médico, Elías Nandino, seu amigo José Ferrel, toxicômano e tradutor de André Gide, apareceu um dia com Artaud em crise de abstinência, "todo vestido de preto e com o olhar luminoso e fixo". Deu-lhe um frasco de láudano, que

Artaud esvaziou num gole e jogou no chão. "Nada de mau lhe aconteceu. Ao contrário, pôs-se a discutir com grande euforia. O que prova que já estava acostumado a consumir grandes quantidades de ópio."
Sua luta vã contra a proibição não era novidade. Artaud encaminhou correspondência à Administração francesa. "Senhor legislador da lei de 1916, acrescida do decreto de 1917 sobre os entorpecentes, você é um imbecil. Sua lei só serve para incomodar a farmácia mundial sem proveito para a estiagem toxicômana da nação." Sua cruzada foi infrutífera. "Uso ópio assim como eu sou eu, não vou me curar de mim." Tudo isso é culpa da "maldita da porra da vida". O peiote poderia de uma só vez acalmar seus nervos e salvar a civilização da Europa. A desrazão mágica do peiote poderia ajudá-lo a lutar contra os "tartufos da infâmia burguesa", aqueles que "levaram por muito tempo a melhor", Artaud desfia novamente sua constelação de Villon, Edgar Poe, Baudelaire, Gérard de Nerval, Van Gogh, Nietzsche, Arthur Rimbaud, Lautréamont, e às vezes acrescenta à lista Lênin, Kierkegaard, Hölderlin e Coleridge, todos aqueles que o deus da consciência pequeno-burguesa decidiu deixar loucos e eliminar.

É graças a José Gorostiza, futuro autor do grande poema *Morte sem fim*, que o projeto de Artaud recebe o apoio da Secretaria da Educação. Finalmente ele deixa a Cidade do México e parte para Chihuahua, ao norte. O professor de uma escola rural vai com ele, a cavalo. Os dois cruzam a *sierra* tarahumara e chegam à vila de Norogachi. Artaud veste calças de flanela preta e um par de sapatos que ganhou de Luis Cardoza y Aragón. "Chegando ao pé da montanha, joguei no rio minha última dose de heroína e comecei a subida a cavalo. Seis dias depois, meu corpo não era mais de carne, mas de ossos." Seria bom conhecer o depoimento dos índios tarahumaras que viram chegar aquele esqueleto alucinado vestindo calças de flanela, suando e tremendo. Nos relatos legendários desses reputados corredores, capazes, como seus primos apaches do pé ligeiro, de cobrir dezenas de quilômetros correndo no cascalho sem parar para descansar e de atravessar os cânions como se fossem riachos, nesses relatos legendários por acaso já vimos cambalear um deus magro vestido de preto e com sapatos de couro?

Os diferentes relatos que fará Artaud não são menos legendários. Artaud nunca teve queda para a reportagem. Ele, que já publicou um falso relato de viagem às Galápagos, contará sua expedição "no México entre os índios tarahumaras, onde foram necessários 28 dias de batalha a 6 mil metros de altitude para conseguir me aproximar pessoalmente dos preparadores e manipuladores do peiote".

O que veio buscar e o que os índios ignoram é a negação de tudo, do surrealismo, da ciência, da política, da razão, da literatura. É possível que em três palavras e graças ao professor, o deus magro vestido de preto tenha manifestado seu ódio pela civilização europeia, seu ódio pela psiquiatria e pela medicina em geral e por seus avanços. "Quando Pasteur nos diz que não há geração espontânea e que a vida não pode nascer no vazio, achamos que Pasteur se equivocou sobre o conceito real de vazio..."

Para ele a Peste, a Crueldade, o Cólera devem continuar sendo instituições poéticas que não se relacionam com a ciência: "em 1880 e poucos um médico francês chamado Yersin, que estuda os cadáveres de indochineses mortos de peste, isola um desses girinos de cabeça redonda e rabo curto que só se veem no microscópio e lhe dá o nome de micróbio da peste. Na minha opinião, trata-se simplesmente de um elemento material menor, infinitamente menor, que aparece num dado momento do desenvolvimento do vírus, mas isso não me explica coisa alguma sobre a peste". Para aquele que depois escreverá *Le Choléra de Dieu*, por outro lado, "a medicina dos chineses, medicina arquimilenar, soube curar a cólera com meios arquimilenares, enquanto os conhecimentos da medicina da Europa no combate à cólera ainda se limitam aos meios bárbaros da fuga ou da cremação". O deus magro vestido de preto está agitado, ergue os braços para o céu, maldiz todas essas bobagens da ciência e da literatura: "Toda escrita é porcaria. Aqueles que deixam o vago para tentar precisar o que quer que seja do que se passa em seu pensamento são porcos".

Os índios ficam perplexos e o intérprete, embaraçado, mas frequentemente os deuses coléricos são assim. Sentam-se no chão sobre o altiplano no calor e sob o céu de um azul terrível e sem nuvens. Começa a dança do peiote e para Artaud o peiote não é apenas um pequeno cacto sem espinhos. É preciso comer o peiote e dançar para engolir a Cultura Vermelha e impregnar-se dela para salvar a Europa doente. Tal como Lowry, ele não é ele, mas o vento que sopra através dele. "Em dado momento alguma coisa que parecia um vento se ergueu, e os espaços se retiraram. Do lado em que ficava meu baço fez-se um enorme vazio que se tingiu de cinza e rosa como a beira do mar."

Com o peiote, "o HOMEM está sozinho, arranhando desesperadamente a música de seu esqueleto". O peiote faz entrar na consciência seus fulgores e fosforescências. Artaud chama a si essa ardência porque é um artista e deve regenerar a civilização da Europa. "É como o esqueleto do futuro que volta, me disseram os tarahumaras, DO RITO SOMBRIO, DA NOITE QUE ANDA SOBRE A NOITE." O artista deve se sacrificar para salvar o mundo, como no título do poema de Lowry *O farol invoca a tempestade*, e para Artaud "o artista que ignora que é um *bode expiatório*, que seu dever é de imantar, atrair, fazer cair sobre seus ombros as cóleras errantes da época para que esta fique livre de seu mal-estar psicológico, não é um artista". Artaud é o para-raios que deve chamar a si o relâmpago, o Grande Fusível que vai derreter.

# em Guadalajara

> *Bebia para afogar minha tristeza,*
> *mas a danada aprendeu a nadar.*
> FRIDA KAHLO

Um ano e meio depois da volta de Artaud para a Europa, no momento em que Lowry deixa o México, Breton desembarca. Um verdadeiro moinho. André Breton pediu o apoio de seus amigos do Quai d'Orsay, Jean Giraudoux e Alexis Léger, que telegrafaram para o México, e no dia 18 de abril de 1938, de má vontade, o historiador e embaixador da França Henri Goiran vai até Veracruz para recebê-lo. Goiran já estava farto de poetas. Já se ocupara de Artaud. Nesse período de agitações que se segue à nacionalização do petróleo de Tampico por Lázaro Cárdenas, quando o general Cedillo se rebela, juntamente com sua guarnição, em San Luis Potosí, quando há um mês vigora o Anschluss e os exércitos de Hitler estão em Viena, quando a conflagração se avizinha e o general De Gaulle reivindica tanques aos brados, não lhe parece que a missão prioritária da diplomacia francesa seja a de exportar o surrealismo. O contato é cordial, mas nada o fará tomar conta do poeta ou oferecer-lhe hospedagem. Breton está acompanhado de sua mulher, Jacqueline. Os dois hesitam, não sabem se devem embarcar imediatamente de volta, avisam Diego Rivera.

Ter tantas ex-mulheres e amantes é também uma vantagem imobiliária: Trótski e Natália ainda estão na casa azul de Coyoacán, Rivera hospedará os Breton em casa de Lupe Marín e em seguida em sua casa-ateliê de San Ángel, na rua Altavista. Um ano depois do contraprocesso de Moscou no México e do relatório da comissão Dewey, Trótski continua vivo, vigilante, claro, mas o tempo passa e a vida parece normal, com dias recheados pelos pequenos e simples prazeres da jardinagem e da política; ele acaba de fundar a Quarta Internacional.

Sabe que o Partido Comunista Francês controlado por stalinistas expulsou André Breton. Ao tomar conhecimento da viagem de Breton, os dirigentes do PCF enviaram uma carta secreta aos dirigentes do PCM, correspondência que Diego Rivera consegue obter e divulga no jornal *Novedades*, junto com a denúncia da hidra inimiga da liberdade: STALINHITLERMUSSOLINI-ELPAPA-DIOS. Sem dúvida os stalinistas irão querer sabotar as intervenções públicas de Breton, e Trótski pede ao belo Van um serviço para garantir a ordem, serviço esse que será confiado aos operários trotskistas de um sindicato da construção. Van conhece Breton. Dois anos antes, quando Trótski ainda estava na Noruega, Van foi a Paris para traduzir do russo para o francês *O livro vermelho* de Lev Sedov, filho de Trótski. Na ocasião, reunira um comitê em torno do primeiro processo de Moscou, o Processo dos Dezesseis, de que participaram o advogado Gérard Rosenthal, Alfred e Marguerite Rosmer, Victor Serge e André Breton. Do México, Van mantém Pierre Naville, que se tornou um dos dirigentes da Quarta Internacional em Paris, informado sobre a situação.

Eis Breton no "país da beleza convulsiva" sobre o qual não sabe grande coisa. Reproduziu obras de Posada na revista

*Minotaure*, leu *Au pays des Tarahumaras* publicado um ano antes na NRF omitindo o nome do autor. Imagina que Artaud tenha se apropriado até certo ponto do território, que tenha desfigurado bastante o movimento surrealista, mas os textos que saíram nos jornais do México só serão publicados bem mais tarde na França, com o título *Mensagens revolucionárias*. Na verdade Artaud já puxou seriamente o seu tapete: "Não vim aqui trazer uma mensagem surrealista: vim dizer que o surrealismo já saiu da moda na França". Quase todas as conferências previstas foram anuladas por causa das greves e da agitação na universidade. Na imprensa, Breton foi atacado por stalinistas ortodoxos mas também por intelectuais independentes cujas críticas não são menos mordazes, como o filósofo Adolfo Menéndez Samará, e também pelo poeta Arqueles Vela, do grupo dos Estridentistas, e José Gorostiza, do grupo dos Contemporâneos, o mesmo que ajudara Artaud em seus projetos indigenistas.

Nos meses seguintes, apesar de envolvidos em todas essas polêmicas, os três casais, Breton, Trótski e Rivera, deixarão frequentemente a Cidade do México para fazer turismo. Ficarão nos melhores hotéis. Breton não é do tipo que dorme no chão entre os índios. Na época, Diego e Frida estão vivendo novamente juntos, embora as coisas não andem muito bem. Frida, sempre sob a ameaça de hospitalização, bebe bastante e confessa à amiga Ella Wolfe: "Ele tenta seduzir todas as jovens bonitas e às vezes... foge com mulheres que passam inesperadamente, sob o pretexto de 'mostrar-lhes' seus murais, leva-as por um dia ou dois... para ver outras paisagens...". Tenta entender o lado dele e aproveitar o pouco que Diego lhe concede de sua intimidade, detalhes de sua vida cotidiana. "Ele continua usando suas grandes botas de mineiro (faz três anos que usa sempre as mesmas). Fica fora de si quando perde as chaves do carro, que geralmente reaparecem em seu bolso, não faz nenhum exercício, nunca se expõe ao sol, escreve artigos que geralmente provocam um tremendo escândalo, defende com unhas e dentes a Quarta Internacional, e está encantado com a presença de Trótski."

Mesmo assim, Breton faz algumas aparições públicas, assiste à estreia mexicana de *Um cão andaluz* de Luis Buñuel e Salvador Dalí e apresenta o filme. Logo, entretanto, por injunção de Trótski, sua atividade principal passa a ser a redação de um "Manifesto por uma arte revolucionária independente".

Quando Breton chegou ao México, Trótski enviou um artigo para Nova York para publicação na *Partisan Review*: "Como vocês já devem saber, em matéria artística e política, ele não é apenas estranho ao stalinismo, é seu adversário. E demonstra simpatia sincera pela Quarta Internacional".

Trótski quer aproveitar a presença de Breton para dotar seu movimento de uma grande declaração artística, e precisa de um manifesto. Breton fica lisonjeado, mas a tarefa o assusta. A personalidade do antigo chefe do Exército Vermelho o impressiona a ponto de emudecê-lo. Organizarão uma dezena de encontros entre os dois, sempre em francês, todos registrados por Van.

Sempre que se trate de falar dos livros de Gide, Malraux e Céline, Breton desempenha bem. A partir do momento em que é preciso escrever, fica paralisado. Ele, que imaginamos ter escrito de uma penada os manifestos do surrealismo, com soberba, agitando sua cabeleira de leão, preparando no fundo de seu bistrô as futuras excomunhões, dedo em riste, chega a balbuciar diante de Trótski um curioso elogio a Zola, que criticara duramente em Paris. Abatido, Breton acaba alegando febre e afasia. Van conta que "logo Trótski começou a pressionar Breton para que apresentasse o projeto de manifesto. Breton, sentindo o hálito ardente de Trótski na nuca, ficava paralisado e não conseguia escrever". Trótski começa a perceber que sua presa é medíocre, pensava ter fisgado um peixe-espada e vê-se diante de uma merluza sem voz. Decidem partir em viagem para Guadalajara. "Diego Rivera estava lá, pintando, e devíamos encontrá-lo. Tomamos então a estrada para Guadalajara, em dois carros."

Ao volante do primeiro, o guarda-costas Joe Hansen, que não fala nem francês nem espanhol, a seu lado Breton e atrás deles Trótski e Natália. No segundo, ao lado do outro motorista e guarda-costas, senta-se o belo Van, e atrás dele Frida e Jacqueline. Joe Hansen estaciona no acostamento, desce do carro e vai falar com Van:

— *The old man wants you.*

Os dois vão até o primeiro carro, cruzam com Breton, que com um gesto das mãos manifesta seu assombro e vai sentar-se ao lado do outro chofer.

Todos se hospedam no hotel Imperial, mas os dois grupos não se veem mais durante toda a permanência. De um lado, os casais Breton e Rivera, do outro, Trótski e Natália e seus guarda-costas; às vezes se cruzam nas ruas da cidade *tapatía*. É possível, percorrendo essas mesmas ruas algumas dezenas de anos depois, imaginar seus fantasmas no Palácio do Governador diante do mural *El circo político*, no mercado coberto onde se serve língua de boi e que curiosamente se parece com o mercado de Papeete. Será que colhem frutas nos galhos das laranjeiras públicas? Ou seguem até Tlaquepaque, onde a morte mexicana e as bugigangas apreciadas por Breton estão à venda, as estatuetas de esqueletos de jovens noivos com vestidos brancos e ternos pretos, *memento mori*, como se pudéssemos esquecê-la, a morte? Terão entrado no santuário dedicado a Nossa Senhora da Soledad, diante do qual, sobre uma carroça, estão empilhados sacos de plástico cor-de-rosa cheios de ervas propiciatórias? O muralista José Clemente Orozco manda um de seus assistentes ao hotel Imperial e convida Trótski a ir ver seu trabalho.

Os dois homens conversarão em inglês. Van conta que "a conversa foi agradável, mas que não teve nada da alegria e do calor presentes normalmente nos encontros entre Trótski e Rivera. Ao sair, Trótski disse a Natália e a mim:

— É um Dostoiévski!"

Como de hábito, assim que se afasta de Coyoacán Trótski é atacado e insultado nos jornais manipulados pelo Partido e pela Confederação de Trabalhadores do México, como o *El Nacional*: "Trótski, Rivera e seus convidados fazem atividades idênticas na cidade *tapatía* sem contar com a aprovação do proletariado organizado". No entanto, Trótski não se entrega a nenhum proselitismo; às vezes dá de ombros e às vezes responde a outros jornalistas que não está proibido de visitar o país e que seu visto está em ordem. "Empreendemos a volta para a Cidade do México sem que Trótski voltasse a ver Breton. Fora o atraso persistente de Breton em apresentar o projeto de manifesto que, na estrada de Guadalajara, provocara a ira de Trótski."

Nas semanas seguintes, Breton piora ainda mais a situação. Um dia, visitando uma igreja em Cholula na companhia de Trótski, tira da parede cinco ou seis ex-votos pintados sobre pequenas placas de ferro recortadas de galões de óleo e os esconde sob a roupa. Trótski, furioso, tenta manter a calma e sai depressa da igreja. Agora seriam os jornais católicos que se empenhariam em divulgar a notícia e lançariam uma campanha pela anulação do visto e a expulsão do profanador. Finalmente, no começo de julho, o grupinho se instala por alguns dias em Pátzcuaro, no estado de Michoacán. Escolhem uma grande construção colonial com uma dezena de quartos à beira de um lago. Depois das refeições, Jacqueline e Frida saem para fumar na beira do lago para evitar as reclamações de Trótski, ex-fumante que não suporta mais o cheiro de tabaco. Jacqueline se lembra que as duas se comportavam como colegiais. "Gostávamos muito de Trótski, mas ele exagerava em tudo e era muito antiquado." Deixado sozinho com Breton, Trótski é um gênio dominador e também um monstro frio e calculista, um pescador que não soltará sua presa:

—Você tem alguma coisa para me mostrar?

Diante dele, o pequeno tirano do surrealismo, o orador irônico e agressivo se transforma num colegial apanhado em falta. Breton já se viu em situação semelhante no início dos anos 20, quando fora ao encontro de Freud em Viena: o medo de não agradar e de não estar à altura paralisa-o.

Mesmo assim, vai até seu quarto buscar algumas páginas rabiscadas com tinta verde. Trótski logo percebe que será obrigado a concluir o trabalho com a ajuda de Van: "Depois de novas conversas, Trótski pegou o conjunto dos textos, cortou-os, acrescentou algumas palavras aqui e acolá e colou tudo num rolo grande de papel. Datilografei o texto final em francês, traduzindo o russo de Trótski e respeitando o estilo de Breton".

No documento original dos arquivos de Harvard, as contribuições de cada um são visíveis. As citações de Marx, verdades sempre boas de evocar, mesmo que conhecidas por todos os poetas, são escritas por Trótski: "O escritor deve, é claro, ganhar dinheiro para poder viver e escrever, mas não deve em nenhuma circunstância viver e escrever para ganhar dinheiro... O escritor não considera de forma alguma seus trabalhos como um *meio*. Eles são *objetivos em si*. Sua importância enquanto meio, tanto para o próprio escritor como para os outros, é tão pequena que o escritor sacrifica, se necessário, sua própria existência à existência de seus trabalhos...".

A partir daí, Breton, tomado de embriaguez política e empurrado pelo próprio ímpeto, achando que acertava, acrescenta: "Àqueles que nos pressionarem, hoje ou amanhã, para que consintamos que a arte seja submetida a uma disciplina que consideramos radicalmente incompatível com seus meios, opomos uma recusa inapelável e nossa vontade deliberada de apegar-nos à fórmula: toda licença em arte, exceto contra a revolução proletária".

Trótski revisa o texto. Ergue os ombros, de cabeça fria, percebe claramente o que o procurador de um tribunal revolucionário poderia fazer a partir daquela fórmula restritiva. Risca, corta a frase: "Toda licença em arte". Ponto-final.

Em 25 de julho de 1938, quando na Catalunha se desenrola o primeiro dia da batalha do Ebro, mas quando no México o fato ainda é ignorado, o manifesto será assinado por André Breton e Diego Rivera e o nome de Trótski não aparecerá. É o ato de fundação da FIARI, Federação Internacional da Arte Revolucionária Independente, que durante sua breve existência reunirá algumas dezenas de membros. A bordo do navio que o leva de volta à Europa, Breton se recupera e escreve a Trótski: "Eu gostaria que você soubesse que essa inibição resultou, antes de tudo, da admiração sem limites que você me inspira".

Breton levou consigo na bagagem todas as bugigangas que encontrou no México e deixou para trás uma ideia. Propôs a Frida Kahlo que organizasse em Paris uma primeira exposição de seus quadros.

No entanto, quando ela chega à França, seis meses depois, nada está pronto. As obras expedidas muito antes ainda não passaram pela alfândega e as fotografias se extraviaram. Frida constata que Breton ainda não encontrou uma galeria, e quando encontra ela fica sabendo que apenas duas de suas telas serão expostas, e que Breton quer aproveitar a ocasião para liquidar todas as velharias encontradas nos mercados e antiquários de Cuernavaca e Guadalajara, e talvez também os ex-votos roubados em Cholula, dois quadros de estrada e algumas porcarias mais ou menos pré-colombianas. É dominada por uma ira que não a abandonará durante toda a sua estada, e escreve a seu amante de então, o fotógrafo nova-iorquino Nickolas Muray: "Eu preferiria sentar-me no chão para vender *tortillas* no mercado de Toluca do que ter que me associar a esses putos desses 'artistas parisienses'. Eles passam horas esquentando suas preciosas bundas nas mesas dos cafés, falam sem parar da 'cultura', da 'arte', da 'revolução' e assim por diante, achando-se os deuses do mundo, sonhando coisas umas mais absurdas do que as outras e infectando a atmosfera com teorias e mais teorias que nunca viram realidade".

Assim como aconteceu com Artaud, Breton não terá necessidade de excluir Frida. Seu encontro com o que resta da turminha surrealista é uma catástrofe. "No dia seguinte de manhã não tinham nada para comer em casa pois *nenhum deles trabalha*. Vivem como parasitas pendurados num monte de figuras velhas e podres de ricas que admiram o 'gênio' desses 'artistas'. *Merda*, nada além de *merda*, é o que são. Nunca vi vocês, nem Diego nem você, gastarem seu tempo com fofocas idiotas e com discussões 'intelectuais', é por isso que vocês são *homens*, homens de verdade, e não 'artistas' sem valor. O fim da picada! Valeu a pena ter vindo, mesmo que só para ver que a Europa está apodrecendo e que essas pessoas—esses vagabundos—são a causa de todos os Hitler e Mussolini."

Frida fica doente, e seu histórico médico é tão pesado que é preferível hospitalizá-la para realizar exames. É internada no Hospital Americano, e mais uma vez é Breton quem leva a culpa. "Foi na casa de Breton que peguei essas bactérias nojentas, ponho minha mão no fogo. Você não tem ideia da sujeira em que essa gente vive, e o tipo de comida que engolem. É difícil de acreditar. Eu nunca tinha visto nada igual em toda a minha vida." No México, Rivera explode de raiva ao ficar sabendo que Breton pediu duzentos dólares emprestados a Frida assim que ela saiu do hospital. Frida pensa em antecipar a data de seu embarque no *Île-de-France* e deixar Paris antes da exposição. Só Marcel Duchamp, que fora amigo de Cravan e Mina Loy vinte anos antes em Nova York, acha graça nela e a reconforta, "o único que tem os pés no chão no meio desse monte de filhos da puta lunáticos e tarados que são os surrealistas". Finalmente o *vernissage* é uma vitória para ela. Suas obras são reconhecidas por Joan Miró, Kandinsky, Picasso e Tanguy. Antes de partir, envia uma carta a sua amiga Ella Wolfe: "Uma fofoca: Diego brigou com a IV e mandou o 'barbicha' Trótski pastar. Depois conto para você os detalhes do caso. Diego tem toda a razão".

Quando ela volta para o México, como temia, tudo degringola com Diego Rivera e os dois rompem. Escreve a seu amante nova-iorquino: "Nick, meu querido, não pude escrever antes. Depois que você partiu as coisas foram de mal a pior com Diego, e agora está tudo acabado. Há duas semanas entramos com o pedido de divórcio. Amo Diego e você entenderá que essa tristeza vai me acompanhar enquanto eu viver".

## Malc & Marge

No que se costuma chamar de realidade, na Cidade do México, no Dia dos Mortos de 1938, o belo Van conta que "Diego Rivera chegou à casa de Coyoacán. Brincalhão como um pintorzinho que tivesse feito uma piada de mau gosto, trazia para Trótski uma grande caveira roxa de açúcar em cuja testa estava escrito com açúcar branco: *Stálin*". Trótski não aprecia o humor mexicano da Catrina. "Trótski não disse nada, fez de conta que o objeto não estava lá. Assim que Rivera se foi, me pediu para destruir o objeto."

No que se costuma chamar de ficção, em Quauhnahuac, no Dia dos Mortos de 1938, o Cônsul, que passou a noite no balcão do bar do hotel, vê surgir à contraluz a silhueta um pouco vaga de Yvonne no raiar da aurora. Os dois morrerão naquela mesma noite. Um ano depois, no Dia dos Mortos de 1939, enquanto Trótski ainda está em sua casa de Coyoacán, seu nome surge na mente de Jacques Laruelle, que imagina filmar na França uma adaptação moderna do mito de Fausto em que Trótski seria o personagem principal.

Dez anos depois do milagre de Cuernavaca, depois da terrível noite de Oaxaca, depois dos anos de reclusão na cabana do Canadá, a publicação de *À sombra do vulcão*, em

1947, é um sucesso. O romance vai para as listas dos mais vendidos nos Estados Unidos. Lowry obtém a glória literária de seus heróis Conrad e Kipling, e jovens poetas como Gary Snyder e Jack Kerouac o descobrem. Allen Ginsberg lhe escreve, declarando sua admiração. Agora será preciso pagar o preço do pacto.

Dez anos depois de deixar o México, Artaud publica, naquele ano de 1947, *Van Gogh, o suicida da sociedade*, cuja última imagem é uma homenagem ao vulcão Popocatépetl. Para esses dois, que em vinte e quatro horas se sucederam sobre o solo mexicano, é ao mesmo tempo a ressurreição e a explosão em pleno voo, o último fogo de artifício. Artaud sai de Rodez e dos longos anos escuros no manicômio, das múltiplas sessões de eletrochoques, tão violentas que fraturaram algumas de suas vértebras. É a bela vingança de Artaud, o Momo, que no meio do livro denuncia Jacques Lacan. Anos antes, o psicanalista resolvera seu caso com uma simples anotação em seu dossiê, feita no fundo de seu gabinete no hospital psiquiátrico Sainte-Anne, em Paris. Era declarado "definitivamente fixado, perdido para a literatura".

É o elogio do gênio através de quem o vento sopra e que odeia o deus da consciência pequeno-burguesa, e com isso obtém seu primeiro prêmio literário. "Foi assim que uma sociedade tarada inventou a psiquiatria para se defender das investigações de algumas mentes lúcidas superiores cujas capacidades de adivinhação a incomodavam." Vinga de uma só vez toda a sua turminha e a reúne num buquê flamejante a que chama Van Gogh. "Podemos falar da sanidade mental de Van Gogh que, ao longo da vida inteira, queimou apenas uma mão e, de resto, só uma vez cortou a orelha esquerda..." É Van Gogh, mas poderia ser Poe ou Nerval ou Baudelaire ou Wilde ou Lowry. "Ninguém nunca escreveu ou pintou, esculpiu, modelou, construiu, inventou, senão para sair do inferno." Para fazer isso é preciso também algum aditivo, algum apoio para esse esforço gigantesco. "Preciso encontrar uma quantidade diária de ópio, preciso dela porque tenho o corpo ferido nos nervos da coluna." Morrerá disso, ou de outra coisa, de um câncer no ânus, um ano depois. Para Lowry, levará dez anos.

Dizem que elas se pareciam um pouco, Jan e Margerie. Duas mariposas em torno da lâmpada. As duas queriam ser escritoras. Margerie havia escrito pequenos *thrillers* antes de encontrar Lowry. O gênio não é contagioso, só a loucura. Se Jan escapou em todas as acepções do termo, Margerie se esgota diante da tarefa impossível de cuidar do gênio em fuga em todas as acepções do termo. Fugir de si mesmo é sempre mais difícil do que inventar perseguidores. Os dois mergulham no álcool e brigam. Depois do desastroso retorno ao México, ela decide que é preciso abandonar a cabana da praia de Dollarton. E o arrasta. O casal deixa Vancouver, sobe em aviões, desce de trens, segue pelo canal do Panamá a bordo de um cargueiro classe Liberty bretão, o *Brest*, na confusão acabam nas cachoeiras do Niágara, passam uma temporada em Nova Orleans, visitam o Haiti, onde Lowry é internado no hospital Notre Dame de Porto Príncipe e tenta se iniciar no vodu.

É a viagem que não acaba nunca, hotéis e motéis. Às vezes, Lowry segue dócil. Voo para Miami com escala em Cuba. Nova York, Veneza, Gênova, Milão, Roma, onde Lowry é novamente internado, Taormina, a Sicília onde alugam durante alguns meses uma casa à beira-mar. Margerie dá comida na boca a Lowry, incapaz de erguer um garfo. Em Cassis, ele ameaça matá-la. Pela primeira vez, um psiquiatra aconselha Margerie a deixar o marido, que vai se matar ou matá-la. Em Paris, é internado no Hospital Americano. São necessários muitos enfermeiros para conter o poeta enfurecido com força de lutador de boxe. Sedativos e elixir paregórico. Camisa de força e *delirium tremens*.

Durante alguns meses, Lowry finge colaborar com Clarisse Francillon, a quem Maurice Nadeau acabara de confiar a tradução francesa do *Vulcão*, e às vezes desaparece nos bistrôs de Paris como fazia quinze anos antes, depois de casar-se com Jan. Alterna Nembutal e uísque conforme encontra, mas também bebe água-de-colônia no banheiro de Clarisse. Ela e Margerie iniciam uma correspondência que manterão por muito tempo depois da morte de Lowry. As cartas estão na universidade de Lausanne em caixas de papelão. Contêm recomendações de Lowry para os pequenos *thrillers* de Margerie que não encontram editor. Desde que a conheceu, Lowry nunca mais tocou na Remington portátil. Foi Margerie quem decifrou os manuscritos, interveio na construção do *Vulcão*, propôs trocar o nome de alguns personagens, imaginou a morte de Yvonne pisoteada pelo cavalo do índio. Eles se amam e se detestam e não conseguem se separar e se detestam por não conseguir se separar. Margerie, entretanto, ameaça deixá-lo, exige um testamento em seu favor e o direito moral sobre suas obras. À noite, depois de dar-lhe comida na boca, empurra entre seus lábios pastilhas de sonífero para que o gênio enfim a deixe em paz.

Bretanha, Saint-Malo e Quiberon, depois a Inglaterra. Não acabou, a coisa se arrasta. É o esgotamento, a "loucura a dois", segundo o diagnóstico em francês de um psiquiatra londrino. Lowry evita a lobotomia mas se submete aos eletrochoques, ao tiopental. Quando foge do hospital Atkinson Morley, de Wimbledon, um policial é enviado para fazer plantão na frente da casa de Margerie. É o delírio alucinatório e a paranoia, e de tempos em tempos a violência criadora. De tempos em tempos a lucidez. Lowry trabalha em muitos projetos de livros que girariam em torno do *Vulcão* e lhe dariam ainda outra dimensão, constituiriam sua grande obra, *The Voyage that Never Ends*. Lowry e Margerie retomam sua colaboração, planejam voltar para o cinema. Escreveram juntos o roteiro de uma adaptação de *Suave é a noite*, de Fitzgerald. Seria preciso voltar para Hollywood, mas estão em tempos de Guerra Fria e Lowry, que leu Orwell, teme tanto o macartismo quanto o stalinismo e nunca mais porá os pés nos Estados Unidos.

Trabalha no *La Mordida*, um mural bruegheliano de seus pesadelos mexicanos, recheados de doentes, mendigos e policiais corruptos. Se Yvonne não tivesse partido, se não tivesse abandonado o Cônsul, será que teria se transformado numa megera como Marge? Não pode escrever sem ela e queria viver sem ela. Deixou-se levar contra a vontade para a Inglaterra. Vê o país de que fugiu vinte anos antes como uma velha árvore famosa esperando a própria morte no fundo de um parque, a velha Inglaterra da revolução industrial, do carvão e da locomotiva. É Marge quem escolhe a cidade de Ripe e o White Cottage, uma casa do século XVIII, que será o último endereço.

Trabalha em *Escuro como o túmulo onde jaz o meu amigo*, Juan Fernando, o cavaleiro zapoteca do Banco Ejidal encarregado de levar pelas colinas o dinheiro dos camponeses que vivem nos povoados mais distantes, morto a tiros de pistola num bar de Villahermosa, Tabasco. Para falar a verdade, a história não avança. É o gim e a queda mefistofélica de Málcool. *El Demonio de la Bebida*. O abandono que o Cônsul conhece sem mais esperança de salvação ou de graça. O patético apelo à graça de Deus, mas sua alma já está vendida, é tarde demais. Confunde sua vida e seus livros e seus livros e sua vida no papel, afirma que o *Vulcão* lhe foi ditado pelo "inconsciente da Europa", como "o último grito de angústia de um continente moribundo", e que as bombas atômicas lançadas sobre o Japão confirmam a visão apocalíptica do Cônsul.

Às vezes espera uma revolução regeneradora, escreve numa carta em dezembro de 1950: "Toda revolução deve manter-se em movimento, sua própria natureza contém a semente de sua destruição, como em 1789 por exemplo", frase trotskista dez anos depois do assassinato do defensor da Revolução Permanente e inventor da Quarta Internacional. Às vezes aprova a ironia desabusada do Cônsul no *Vulcão*: "Seu desejo não é lutar pela Espanha, por disparates, por Timbuktu, pela China, pela hipocrisia, pelas patifarias, por qualquer cantilena que um magote de filhos de idiotas cornudos resolve chamar de liberdade...".

O milagre possível está distante, o hino à paz e à paisagem, o milagre de seu melhor conto, "A trilha da fonte", que cantava, sob a forma da cabana na frente da baía de Burrard, o "vivaz símbolo da aspiração humana à beleza, às estrelas, ao sol nascente". Lowry fica sabendo que em Vancouver, abaixo dessa trilha, uma tempestade destruiu o embarcadouro que construíra com as próprias mãos. Para ele o mundo e seu espírito colapsam. Está distante o sonho de *Lord* Jim subindo o rio de Patusan, a aspiração do jovem Lowry, que escreveu *Ultramarina*, a dedicar também ele sua vida ao bem, na humildade e no anonimato, "um dia encontrarei um país extenuado, aviltado além de tudo o que se imagina, onde as crianças morrem de fome por falta de leite, um país que chegou a ultrapassar a consciência de seu sofrimento, e gritarei: Até quando, para mim, for bom viver nesse lugar, aqui ficarei".

O que se deixa para trás? As últimas pequenas pistas. O último livro aberto: *A Field Guide to British Birds*. A última representação a que assistiu, no Criterion Theatre de Londres: *Esperando Godot*. Sua última internação: no pavilhão dos doentes mentais do hospital de Brighton. Foi algumas semanas antes de sua morte. Margerie é internada na ala psiquiátrica do hospital St. Luke Woodside, ao norte de Londres.

Que eu necessite hoje de quatro semanas ou de catorze horas para ir de Munique a Hamburgo é de menor importância, para minha alegria, e sobretudo para minha condição humana, do que a questão: Quantos homens, que como eu aspiram à luz do sol, são obrigados nas fábricas a se tornarem escravos, a sacrificar a boa saúde de seus órgãos, de seus pulmões, para construir uma locomotiva?

*B. Traven*

# Traven & Trótski

> *Tive um dia a esperança de que da Alemanha surgiria a luz do mundo. Formulei esse voto. E eis que aconteceu na Rússia.*
>
> RET MARUT

Depois de sua condenação à morte em 1919 ele foge, deixa Munique, dorme em fazendas, distancia-se dos meios ativistas. Os jornais vilipendiam o anarquista, o espartaquista, o derrotista. Não fica inativo, no entanto, como menciona no *Oleiro*: "Tomou a palavra em cerca de sessenta aldeias e cidades da Baviera, diante dos cidadãos, dos operários e dos camponeses". Ret Marut, contudo, desconfia do heroísmo revolucionário, preocupa-se bastante com sua vida e por isso vai para a Holanda, depois para a Inglaterra e depois para o México. Desconfia da abnegação heroica. Por que libertar-se, se é para morrer logo em seguida? Tanto dar a vida pela revolução como dar a vida pela repressão é sempre dar a vida.

Para Ret Marut, a escrita no início é panfletária, embora componha alguns contos que publica em sua revista com outro pseudônimo. Dirige-se aos revolucionários, quer apressar a revolução, e consegue, *O Oleiro* é lido por centenas de militantes, e Berta Döring-Selinger, camarada de Rosa Luxemburgo e de Karl Liebknecht, menciona suas leituras regulares dos textos "de um espírito não impregnado de Marx, mas antes de Rousseau ou de Bakúnin, de Kropótkin ou Sorel, desse espírito libertário que animava os socialistas revolucionários russos em seu combate pelos direitos do mujique pisoteado". Traven, tal como Trótski, leu a palavra "comunismo" nos romances de Tolstói antes de ler Marx. Os dois leram em *Anna Karênina* que "o capital oprime o operário. Entre nós os operários e os camponeses arcam com todo o ônus do trabalho e são colocados numa situação em que, apesar de todos os seus esforços, não conseguem elevar-se acima do estado de animal".

E a revolução alemã foi derrotada. Rosa Luxemburgo e Karl Liebknecht foram assassinados. Marut, que virou Traven, escreve romances de aventuras, *Unterhaltungsliteratur*, porque é preciso chegar ao público de ávidos leitores, aquele das bibliotecas populares. Envia seus manuscritos para a Europa e por trás das histórias mexicanas, das revoltas de índios em Chiapas, mostra a Europa que entra mais uma vez em colapso, a nova guerra que se aproxima. Traven vira romancista nas lagunas de Tampico e nas selvas de Chiapas. Seus modelos vêm, mais que de Jack London, Karl May e Fenimore Cooper, das histórias de tesouros, das histórias de amores muito lindos e fracassados, das histórias de homens explorados nos campos de algodão ou nas serrarias de mogno, que buscam a luz e se opõem aos contramestres. Seu talento é antes de tudo o talento de um roteirista, na época em que o cinema ainda não libertara o romance do dever tedioso de inventar histórias, como a fotografia já libertara a pintura de reproduzir o mundo. E Davenport nos mostra, no fim dos anos 20, o estudante Lowry mergulhado em Traven, lápis na mão, no meio de sua barafunda de livros e garrafas, de discos de jazz e latas de sardinha.

Durante dez anos, Traven, que com o nome de Torsvan foi estudar fotografia no México com Edward Weston e Tina Modotti, reúne o material recolhido em Chiapas, cadernos, notas de viagem e de exploração, e passa dez anos fechado numa chácara perto de Acapulco construindo os romances do Ciclo do Mogno, até 1937, ano da chegada de Trótski ao México. De seu refúgio, Traven acompanha as peripécias pelos jornais.

Traven e Trótski, o velho conflito do anarquismo. O Exército Vermelho que esmaga na Ucrânia os libertários da Makhnovtchina. O vencedor de Kazan será criticado pela façanha. É a guerra civil e o uso da violência está bem distribuído, entre os cossacos, o Exército Vermelho e as tropas anarquistas. Jacobo Glantz, o pai de Margo, que mais tarde apoiará os anarquistas Nicola Sacco e Bartolomeo Vanzetti, estava então na Ucrânia e recorda: "Makhnó era um verdadeiro anarquista, galopava em cavalos que puxavam pequenas carroças, as *tachankas*, agitando uma bandeira negra. Sua ideologia era bem clara, mas seus homens pilhavam, violavam, assassinavam ao passar pelos povoados de camponeses judeus". Makhnó, vencido, virá a ser operário da Renault em Boulogne-Billancourt.

O anarquismo de Traven é a teoria do Eu de Stirner, o grande egoísmo que diz que a fraternidade só é possível entre indivíduos absolutamente insubordinados: "Insubordinação contra tudo, insubordinação contra toda lei, contra toda ideia, contra todo programa, contra todo governo. Homem, seja um eterno revolucionário e você terá vencido!". É impossível, com tal teoria, recrutar milhões de homens, fazê-los avançar debaixo de fogo e na neve ao encontro dos exércitos brancos decididos a restabelecer a autocracia e a escravidão. Era preciso que outros sujassem as mãos no motor da História. Traven se torna romancista porque a revolução alemã foi derrotada.

Integra em Chiapas a missão do arqueólogo Enrique Juan Palacios. Durante meses, trinta cientistas, biólogos, botânicos, cartógrafos, etnólogos percorrem a selva e inventoriam os sítios maias. As fotografias de Torsvan ilustrarão o relatório da missão, *En los confines de la Selva Lacandona*. Mas se Torsvan se interessa por ruínas, Traven, por outro lado, descobre a vida dos descendentes bem vivos dos maias: volta sozinho, compra mulas, contrata um guia, torna-se explorador, vive entre os índios tojolabals, tzeltales, chols, tzotziles, conta a eles sobre as belas cavalgadas de Zapata, e em troca registra seus relatos, constrói pouco a pouco seus romances.

Desde Odessa Trótski quer se tornar escritor, mas sempre adia o momento. Espera a vitória da revolução russa. Para esse "literato nato", segundo Mauriac, que coloca Trótski ao lado dos maiores, de Tolstói e do primeiro Górki, a literatura é o enigma, o coração das trevas que as palavras imaginam e no qual esbarram. Toda poesia é anarquista e diz que a razão não basta, que a razão pode se tornar uma paixão destruidora. Em vez de ser césar ou poeta, sua tarefa, acredita, é mais elevada ou mais humilde, é agir, organizar, mudar a face do mundo e a vida dos homens. Mais tarde os mujiques aprenderão a ler.

E os escritores se precipitam a seu encontro porque o desejo dos escritores, tantas vezes, é agir, influenciar o mundo, abraçar a áspera realidade, levantar-se da cadeira e deixar de trabalhar no papel, compreender como esse homem sozinho contra todos, e sempre derrotado por seus aliados, rejeitado, deportado, continua a querer, de exílio em exílio, transformar o mundo e a vida dos homens, impedir Termidor, exaltar a revolução permanente e mundial. Trótski encontra em Londres Maksim Górki, em Prinkipo, Georges Simenon, em Saint-Palais, André Malraux, no México, André Breton. O autor de *Literatura e revolução* é interrogado, leem-se suas análises de Tolstói e Céline, sua homenagem a Iessiênin publicada no *Pravda* depois do suicídio do poeta em 1925, no tempo em que Trótski ainda podia publicar no *Pravda*.

Sua homenagem a Maiakóvski, depois do suicídio do poeta em 1930, quando Trótski já está no exílio, é publicada no *Boletim da Oposição*.

Os dois, Traven e Trótski, compartilham, no entanto, a tentação de William Blackstone, o erudito de Cambridge que escolheu viver entre os índios da América. A tentação de largar tudo. Mas se um escolhe a solidão e se esconde, desaparece da superfície da Terra, o outro no começo está no centro da ação e põe em marcha milhões de homens. No fim da guerra civil, em novembro de 1920, enquanto Ret Marut foge, Trótski desce do trem blindado, vai a Moscou, despe o casaco de couro com a estrela vermelha, veste a jaqueta esporte e dá o nó na gravata rosa que Naville descreverá, instala-se no Kremlin num apartamento perto do de Lênin. Traz para perto de si o pai, o camponês rico que a revolução espoliou pela graça do filho, esse pai a quem ensinou a ler. A ele será confiada a direção de um moinho. Morrerá, como John Reed e Larissa Reisner, durante a epidemia de tifo em Moscou.

A glória do vencedor de Kazan é então a de um cônsul romano voltando vitorioso do *limes*, ou a de um Bonaparte voltando da Itália. Ele é quem deve suceder Lênin se a saúde de Lênin piorar. "Durante a guerra tive, concentrado entre minhas mãos, um poder que, praticamente, se poderia dizer ilimitado. Em meu trem estava instalado um tribunal revolucionário, os fronts estavam subordinados a mim, a retaguarda era subordinada aos fronts e, em alguns períodos, quase todo território da República que não havia sido tomado pelos Brancos era apenas na realidade uma retaguarda com regiões fortificadas." Muito depressa, no entanto, tudo se desmantela. A queda vai durar sete anos, por etapas, até 1927. Nesse ano, Traven vive na floresta lacandona entre árvores, rios e orquídeas, arma sua rede, tira de seus alforjes os cadernos e os livros de "Shelley, Max Stirner, Jack London e Walt Whitman".

Enquanto os outros brigam e buscam glórias, Trótski desaparece, vai dormir nas cabanas de caça longe de Moscou e retoma suas leituras. Passa por períodos de depressão, quando seria necessário parar de hesitar entre a ação e a contemplação. Tornar-se mais estúpido e determinado, como o outro, o chefe da gangue, o salteador georgiano. No décimo segundo congresso do Partido, em 1923, podia ainda espantar Stálin como um mosquito. Não fez nada. Isso lhe renderá o exílio e a malária.

Parte novamente para caçar nos pântanos de Zabolótie entre nuvens de insetos, cai doente no pior momento, e constata isso enfim com humor: "Tive de me acamar. Depois da gripe surgiu uma febre perniciosa. Os médicos me proibiram de sair da cama. Assim fiquei deitado todo o resto do outono e o inverno inteiro. O resultado foi que fiquei doente durante toda a discussão de 1923 contra o 'trotskismo'. É possível prever uma revolução, uma guerra, mas é impossível prever as consequências de uma caça aos patos no outono. Lênin estava recolhido em Górki, eu no Kremlin. Os epígonos ampliaram os círculos do complô".

Trótski pensa em ir se restabelecer ao sol, longe, no sul, do outro lado do Cáucaso. Deseja dedicar-se com calma à redação do texto de *O novo curso*, toma um trem para Baku, atravessa o Azerbaijão na direção de Tiflis, onde recebe o telegrama de Stálin anunciando a morte de Lênin em 21 de janeiro de 1924: "Os funerais acontecerão no sábado, você não terá como voltar a tempo. O Politburo estima que, tendo em vista seu estado de saúde, você deve seguir sua viagem para Sukhumi". E Trótski, em vez de partir em seguida da Geórgia para voltar a Moscou e subir na tribuna, prossegue sua viagem até a Abecásia, à beira do mar Negro. "Em Sukhumi eu passava longos períodos deitado, numa varanda de frente para o mar. Mesmo sendo janeiro, o sol brilhava claro e quente no céu. Entre a varanda e o mar brilhante erguiam-se palmeiras." Quando começa o décimo terceiro congresso, em abril de 1924, os dados já estão lançados.

Lênin, contudo, acrescentara um *post-scriptum* a seu testamento alguns dias antes de morrer, no qual recomendava a expulsão de Stálin do posto de secretário do Comitê Central. Sua viúva Krupskáia fez chegar uma cópia a Trótski, que não a utiliza, nem sequer a menciona, mas em vez disso escreve uma diatribe contra a burocratização do Partido que só é lida pelos burocratas do Partido. Seria preciso levantar-se, pegar o trem, enfrentar os termidorianos. Logo é acusado por Stálin de "desvios anarcomencheviques". Trótski não se defende e dá de ombros, comete novamente o crime da arrogância. Pouco a pouco seus livros desaparecem das bibliotecas, seu nome dos livros de história, seu rosto das fotografias da Revolução de Outubro.

Naquele ano de 1927, enquanto nos Estados Unidos são eletrocutados os anarquistas Sacco e Vanzetti, no momento em que Diego Rivera e Walter Benjamin estão em Moscou, Trótski é excluído do Partido. Deixa o Kremlin e se instala na cidade em casa de amigos antes de ser preso e deportado para o Cazaquistão. Stálin ainda não atingiu o ápice de seu poder e hesita em confiscar seus arquivos. Trótski toma o trem com seus baús. Vai acompanhado de Natália Ivánovna e do filho deles, Lev Sedov. "Foi assim que vivemos um ano em Alma-Ata, cidade de terremotos e inundações, ao pé dos contrafortes do monte Tian-Chian, na fronteira com a China, a duzentos e cinquenta quilômetros da via férrea, a quatro mil quilômetros de Moscou, na companhia das cartas, dos livros e da natureza."

Traven por sua vez cavalga em Chiapas, descreve o inferno dos lenhadores de mogno, o trabalho forçado, as orelhas cortadas, apoia a revolta dos Chamulas. Uma ponte de cipós desaba e Traven cai no rio com seu cavalo, quebra uma perna, retoma seus escritos: "O índio proletário luta no México por sua libertação, para ter acesso à luz do sol. É uma luta de libertação sem equivalente na história da humanidade". Em seu romance *Um general sai da floresta*, faz do general Augusto César Sandino, antigo operário de Tampico, o revolucionário Juan Mendez. Os conselhos que Traven dá aos índios são os mesmos que Ret Marut dava na Baviera: "Se querem vencer, e continuar vencedores, será preciso queimar seus papéis. Muitas revoluções explodiram e depois fracassaram simplesmente porque os papéis não foram queimados como deveriam ter sido".

No Cazaquistão, Trótski retoma a vida selvagem de sua infância, as longas caminhadas com sua cadela Maia. Dorme fora das cidades, com "um extremo prazer inteiramente concentrado na volta à barbárie, em dormir ao ar livre, comer carneiro a céu aberto, não se lavar, não tirar a roupa e consequentemente não se vestir, cair do cavalo num rio...".

Escreve aos amigos e dedica o resto do tempo à leitura, como vinte anos antes, nas prisões do czar, reencontra sua vocação de recluso ou eremita. Em sua cela na fortaleza de Pedro e Paulo, lia os clássicos da literatura europeia. "Estendido em meu catre de prisioneiro, eu me inebriava com eles: delícia física que deve ser a mesma que experimentam os *gourmets* quando bebem vinhos finos ou fumam charutos perfumados. Eram minhas melhores horas." Consegue que lhe enviem caixas de livros para o Cazaquistão. "Até no tempo da guerra civil, no meu vagão, eu encontrava algumas horas para percorrer as últimas novidades da literatura francesa." Durante algum tempo considera a ideia de fugir pela fronteira chinesa, depois desiste.

Stálin toma a decisão por ele e o expulsa. Em 1929, Trótski desembarca em Istambul sob a dupla ameaça dos stalinistas e dos russos brancos exilados. O proscrito é protegido por Kemal Atatürk, a quem apoiara quando era chefe do Exército Vermelho. Aluga uma casa na ilha de Prinkipo e logo depois começa a escrever. Está fora do jogo. "Perguntaram-me mais de uma vez, e continuam me perguntando: Como pude perder o poder? Normalmente essa questão revela que o interlocutor ingênuo imagina o poder como um objeto material que tivéssemos deixado cair, como um relógio ou um caderno perdido." A ilha de Prinkipo é mais a ilha de Elba que Santa Helena. Todo dia tem pesca no barco, amanhecer violeta sobre o mar, leitura das imprensas francesa e alemã. Senta-se à mesa, escreve *Minha vida*, pouco a pouco se transforma no escritor que queria ser: "Quando esbocei pela primeira vez essas lembranças, pareceu-me que descrevia não minha infância, mas uma viagem de outrora a um país longínquo".

Depois é a partida para Marselha a bordo do *Bulgaria*, os meses de errância e de esconderijos em várias cidades francesas, a clandestinidade perto de Grenoble, antes que o governo dos social-democratas da Noruega aceite acolher o apátrida. Acontece o primeiro processo de Moscou. O extermínio dos antigos camaradas e dos heróis de outubro, as acusações do procurador Vichínski: "Peço que esses cães raivosos sejam todos fuzilados, até o último". Trótski sabe que é o último cão. Sua residência norueguesa se transforma em fortaleza. Cercado de guarda-costas, é ameaçado de morte pela GPU de Stálin e pela Gestapo de Hitler. A casa é atacada, arquivos são roubados. Os social-democratas são incapazes de garantir sua segurança. Trótski escreve ao ministro da Justiça, Trygve Lie: "Você e seu primeiro-ministro covarde ainda serão refugiados, expulsos de seu país dentro de dois anos". Serão quatro anos. Em 1940, o rei Håkon e seus ministros terão de fugir para a Inglaterra. Confiarão o transporte das reservas de ouro do banco nacional ao poeta Nordahl Grieg.

Quando Trótski e Natália embarcam no petroleiro *Ruth* rumo a Tampico, o chefe nazista norueguês Quisling vê a presa escapar e seus maxilares mordem o vazio: "Era mais simples entregá-lo à legação russa. Provavelmente eles o teriam expedido para Moscou num caixão". Faz dois anos que Trótski anda em círculos em seu escritório de Coyoacán, tenta novamente influenciar a História, cria a Quarta Internacional: "Se para o desenvolvimento das forças produtivas materiais a Revolução deve erigir um regime *socialista* de estrutura centralizada, para a criação intelectual ela deve, desde o início, estabelecer e garantir um regime *anarquista* de liberdade individual".

Traven acaba de concluir a escrita do Ciclo do Mogno, deixa sua chácara de Acapulco. Com o nome de Croves, instala-se na Cidade do México, à rua Mississippi. Ainda serão necessários vinte anos para que se esclareça o mistério de suas múltiplas identidades.

Agora estamos em 1939 e Trótski é um homem só. Diego Rivera e Frida Kahlo o rejeitaram. O belo Van foi embora para retomar seus estudos de matemática. Breton não se preocupa muito com a FIARI. A Quarta Internacional é uma fábrica de gás. Assim que um grupo trotskista chega a seis membros, divide-se. Barcelona caiu em janeiro. Em agosto, Stálin, do alto de seu poder, assina com Hitler o pacto de não agressão Molotov-Ribbentrop, e Victor Serge publica *É meia-noite no século*.

Esse é um que Trótski gostaria de reencontrar. Não se viram mais desde 1927. Desentenderam-se a respeito de artigos publicados na *Partisan Review*. Viktor Lvovitch Kibáltchitch foi anarquista na Bélgica como Ret Marut na Alemanha, e como ele se opunha ao ilegalismo, aos ataques a bancos do grupo de Bonnot. Por solidariedade anarquista, no entanto, acobertara a fuga dos amigos de Jules Bonnot e de Raymond-la-Science, o que lhe rendera cinco anos na prisão da Santé. Depois disso fora para Barcelona, participara da greve geral de 1917, escolhera o pseudônimo de Victor Serge para publicar em *Tierra y Libertad*. Depois se afastara dos movimentos anarquistas para apoiar a revolução em Moscou. Aproximou-se de Trótski e seguiu-o na Oposição de Esquerda, o que lhe valera três anos de deportação nos Urais.

A Guerra da Espanha está perdida. Os conflitos no interior do movimento revolucionário levaram o franquismo ao poder. Era o que Trótski temia; antes da derrota ele escreveu esta frase, que Traven subscreveria: "Aqui os marxistas podem andar de mãos dadas com os anarquistas, desde que uns e outros rompam implacavelmente com o espírito policialesco reacionário, seja ele representado por Joseph Stálin, seja por seu vassalo García Oliver". Juan García Oliver, que, como Victor Serge, participou ativamente da greve geral de 1917, no decorrer da guerra se tornara ministro anarquista da Justiça. Já está exilado no México e irá morrer em Guadalajara.

Estamos em 1940. O mundo pega fogo e Trótski é esquecido. Só os assassinos ainda pensam nele. Sentado em seu escritório, ele começa a redigir seu testamento, ouve um barulho, se assusta, ergue os olhos, volta à escrita: é Natália que, usando um chapéu de palha e com uma tesoura de poda na mão, se distancia de suas roseiras e "acaba de vir à janela do pátio e de abri-la ainda mais para que o ar entre livremente em meu quarto. Posso ver a grande faixa de grama verde ao longo do muro, o céu azul-claro por cima dele e a luz do sol cobrindo tudo. A vida é bela. Que as futuras gerações a livrem de todo mal, de toda opressão e de toda violência, e possam aproveitá-la plenamente".

O general Kotov e sua companheira Caridad estão no México, assim como o filho dela, Ramón Mercader del Río. Três anos antes o jovem brilhante foi retirado do front espanhol e levado para Moscou para receber uma formação em assassinato. Construíram um primeiro personagem ficcional para ele. Tornou-se o belga Jacques Mornard. Com essa identidade, foi encarregado de seduzir, em Paris, a militante trotskista Sylvia Ageloff. No México, é agora o canadense Frank Jacson, e explica a Sylvia que fugiu da Europa para escapar da guerra e que por isso arrumou um passaporte falso.

Ramón Mercader não foi o único treinado para matar Trótski. Agentes reserva esperam ser chamados. O avatar Frank Jacson ainda está na terceira ou quarta posição e, de repente, depois do fracasso de Siqueiros, vai para a primeira fila. Sua mãe e Kotov lhe dão a notícia. Chegou sua vez de entrar em ação. Quatro dias depois do primeiro atentado, a inocente Sylvia apresenta o noivo aos Rosmer e ao proscrito. Jacson passa a frequentar a rua Viena. Começa a escrever um artigo de apoio a Trótski e gostaria que ele o lesse. Compra uma picareta de alpinista cujo cabo manda cortar. Treina o gesto de fincá-la num tronco.

# a medula

Amarelado e esbranquiçado, cheio de filamentos: parece que somos feitos de *aligot*,[8] e dessa matéria nasce o pensamento político e às vezes a poesia. Difícil distinguir lá dentro a medula espinhal e a substanciosa glândula pineal, que é onde Descartes enxergava a alma. A grande ponta metálica penetrou a uma profundidade de sete centímetros. Um berro terrível, dizem. O velho domina seu agressor, exige que Joe Hansen, já em via de espancá-lo, poupe-o para que fale, grita seu amor por Natália, e pede que Sieva não o veja assim quando voltar da escola. Na ambulância, continua dando instruções para a investigação. No hospital da Cruz Verde, o doutor Wenceslao Dutrem percebe uma paralisia do braço direito e movimentos irregulares do braço esquerdo. Os neurônios tentam restabelecer suas conexões sinápticas em torno do buraco que foi cavado. É feita uma trepanação, uma janela quadrada de cinco centímetros para extrair com a pinça os fragmentos de osso. Em seguida o

---

8. Prato típico de Aubrac, na França, que consiste num purê de batata misturado com queijo, de consistência muito elástica. (N. T.)

edema, o vazamento da matéria cinzenta, uma pasta mole escorre devagar do crânio aberto, como se fosse de um vulcão, uma lenta vaga macia de lava ou de baba e contudo lá dentro ainda há lampejos de consciência caótica. Um filho vê seu pai morto de tifo. Uma aurora lilás sobre as estepes em torno do vilarejo de Iánovka, um cavalo, um cheiro de lavoura e estábulos. A beleza ainda persiste nesse ranho gorduroso com uma rede de vasos sanguíneos. O perfume da resina dos pinheiros de Prinkipo e as águas violeta do mar. Tudo isso se extingue no fim do dia seguinte.

Morre por não ter escutado a frase pascaliana, por não ter ficado em repouso num quarto, numa cela, num vagão de trem, ele que, no entanto, apreciava a reclusão. "No fim das contas não posso me queixar de minhas prisões. Foram para mim uma boa escola. Deixava minha cela solidamente aferrolhada da fortaleza de Pedro e Paulo com alguma tristeza: ali reinava uma calma, um silêncio sempre tão igual! Era o lugar perfeito para o trabalho intelectual." Essa agonia talvez seja seu triunfo, o triunfo dele que seria esquecido. A picareta plantada no crânio como o punhal nas costas de César e a faca no peito de Marat. Um fim grandioso para o santo eremita contrariado, o materialista ateu que não amava a vida material, e o belo Van se lembrará mais tarde das palavras de Trótski durante um entediante passeio, os dois nas ruas escuras de Barbizon: "Vestir-se, comer, todas essas pequenas coisas miseráveis que é preciso repetir todos os dias". Enfim, não importa mais.

Durante as poucas semanas que separaram os dois atentados, entre maio e agosto de 1940, Trótski ainda tentava localizar aqueles que a guerra espalhava, entre eles Victor Serge. Tarde demais para chegar ao porto do Havre ou a Saint-Nazaire invadidos. Em Marselha, ainda era possível tentar fugir da Europa. Só em março de 1941 Victor Serge e seu filho Vlady embarcarão no *Capitaine-Paul-Lemerle* de partida para as Antilhas, uma banheira velha que a guerra salvou do ferro-velho. A bordo encontrarão outros fugitivos, André Breton e André Masson, Claude Lévi-Strauss,

Wilfredo Lam. Breton sabe que é inútil bater à porta de Diego e Frida. Depois de uma rápida temporada com Aimé Césaire, compõe com Masson *Martinique charmeuse de serpentes* e vai para Nova York.

O visto de entrada nos Estados Unidos e mesmo o visto de trânsito são negados a Benjamin Péret por causa de seu passado político. Depois de ser expulso do Brasil por trotskismo no início dos anos 30, depois de ter combatido na Espanha no batalhão do anarquista Durruti, Péret fica preso em Rennes até julho de 1940 e consegue fugir de Marselha em novembro de 1941 a bordo do *Serpa-Pinto* com destino a Veracruz, com escalas em Casablanca e Havana.

Do Brasil, onde traduziu *Literatura e revolução* de Trótski para o português a partir da edição espanhola, Benjamin Péret manteve correspondência com o belo Van. No México, com o pseudônimo Peralta, colaborará com publicações catalãs de Bartomeu Costa-Amic, Quetzal e Edições Iberoamericanas, trabalhará seus próprios textos, *Descubrimiento de Chichén Itzá* e *Antología de los mitos, leyendas y cuentos populares de América*, estudos indigenistas e poéticos parecidos com os de Traven, conseguirá de tempos em tempos estabelecer contato com Maurice Nadeau e Robert Rius, engajados na Resistência e editores da revista *La Main à Plume*. Rius será fuzilado pelos nazistas um mês antes da Libertação.

Depois dos percursos labirínticos e sublunares que os apátridas e os revolucionários sem documentos conhecem bem, Victor Serge e seu filho Vlady também chegarão ao México depois de passar algum tempo presos em Havana. Lázaro Cárdenas lhes concede um visto e os dois são recebidos no aeroporto Benito Juárez por Bartomeu Costa--Amic e Julián Gorkin, fundador do POUM. Em seguida vão à rua Viena ao encontro de Natália e Sieva. Victor Serge e Natália Sedova organizarão os últimos escritos do proscrito, reunirão suas lembranças, começarão a escrever juntos *Trótski vida e morte*.

Nos anos seguintes, Victor Serge continua seu trabalho e envia para as revistas artigos e ensaios, redige suas *Memórias de um revolucionário,* poemas e os romances *Les Derniers temps* e *Les Années sans pardon*. Às vezes desconfia, pergunta-se se vale a pena escrever "apenas para engavetar durante cinquenta anos, com a perspectiva de um futuro obscuro, e sem excluir a hipótese de que as tiranias se mantenham por mais tempo do que o que lhe resta para viver". De vez em quando encontra, mais ou menos clandestinamente, os defensores da Oposição de Esquerda e do POUM, Jean Malaquais, Julián Gorkin, Paul Rivet, Benjamin Péret e o poeta peruano César Moro. Sabem que são ameaçados pelos fascistas e pelos stalinistas. "Nos cafés da Cidade do México já se comenta nosso assassinato próximo." Gorkin é gravemente ferido na cabeça num atentado, precisa sofrer uma trepanação, como Trótski, mas sobreviverá. Em 1947, ano em que são publicados *À sombra do vulcão* e *Van Gogh, o suicida da sociedade,* Benjamin Péret consegue voltar a Paris. Nesse mesmo ano, 1947, Victor Serge, assim como Tina Modotti cinco anos antes, morre misteriosamente dentro de um táxi mexicano.

## last drink

*I think I shall be among the English poets after my death.*
JOHN KEATS

Os cacos de vidro são de uma garrafa de gim. Os cacos cintilam à luz de junho. Foi observar os êideres voando nas colinas da Escócia, voltou a Ripe. Pendurado de cabeça para baixo como o Cônsul na árvore da vida. Perfeitamente *borracho*. Os odores fétidos no fundo da ribanceira são os vômitos sobre o assoalho do quarto inglês. *No se puede vivir sin escribir y no se puede escribir.* Bebeu o gim e engoliu os barbitúricos de Margerie encontrados numa gaveta. Interpreta uma frase de *Lunar Caustic*. "Lançou a garrafa contra a parede com todas as forças. Vomitou." Mas a última frase trazia a redenção. Bill Plantagenet partia para lutar na Espanha e subia a bordo do *Mar Cantábrico*, pois "era seu navio, aquele no qual embarcaria para sua viagem noturna no mar". Não haverá mais navios nos quais raspar ferrugem até ver aparecer o brilho do ferro.

Sobre o balcão do Farolito, o Cônsul desenha um mapa da Espanha na pequena poça de mescal. Ao fundo do caleidoscópio da embriaguez as últimas imagens, a vida simples e impossível que Yvonne queria levar com ele, uma granja, uma granja de verdade, "com vacas, porcos, galinhas, um celeiro vermelho também, silos, campos de trigo e de milho". Vendeu a alma aos deuses astecas do mescal e aos deuses celtas do gim. Está deitado sobre o assoalho do quarto, culpado por não ter sido o pai, o viril comerciante de algodão, nem Grieg, o belo herói solar. Culpado por não poder ter sido pai, porque seu irmão Wilfrid o levou, criança, para visitar o Museu de Anatomia da Paradise Street, em Liverpool, e mostrou-lhe vidros com pênis e testículos devorados por cancros que estavam ali supostamente para assustar os marinheiros. Uma criança aterrorizada diante dos monstros em suspensão no formol, ele cuja existência foi o fruto de um "acaso de cinco minutos, talvez de cinco segundos, na vida de um comerciante de algodão".

O Cônsul observa seu vizinho Laruelle sob a ducha, e "aquele pacote hediondo de nervos azuis e pelancas, de elasticidade cuculiforme, decorando a parte inferior de uma pança beata de inconsciência fumegante que penetrara o corpo de sua mulher para dali retirar seu prazer". O Cônsul transa com uma putinha sifilítica no fundo do Farolito para proibir-se o corpo de Yvonne e não correr o risco de sucumbir ao amor. Os milicianos fascistas esperam por ele no balcão. "*You make a the map of the Spain? You Bolsheviki prick? You member of the Brigade Internacionale and stir up trouble?*"

Adoraria instalar-se na poltrona verde de vime do terraço de Cuernavaca. À sua volta, a paz do White Cottage à luz dourada de uma noite de junho. O último sol inglês espalhado pelas folhas dos grandes carvalhos. Sabe que no fundo é um menino inglês, um pequeno leitor do *Peter Rabbit*. Quatro anos antes, seu amigo Dylan Thomas morreu afogado no álcool. É uma bela morte inglesa. Sorri. A morte dos poetas é menos enfática do que a dos césares, cujas últimas palavras são registradas. É também em geral mais divertida. Aldous Huxley privado de fala rabisca um bilhete para acabar com a coisa e pede: "LSD 100 micr".

O doutor Saltas, em sua última visita à cabeceira de Alfred Jarry, preocupa-se com suas últimas vontades, seus últimos desejos, e pergunta-lhe se quer alguma coisa, e seu rosto se ilumina: "Essa alguma coisa era um palito de dentes". Tudo está no *Peter Rabbit*, sorri o Cônsul.

Agora é a noite. Está sozinho no silêncio, confunde Yvonne com Jan e com Margerie. O álcool acabou. "Com que direito ela ousaria sequer insinuar que na opinião dela ele não estava em seu estado normal, sendo que havia estoicamente sofrido as torturas dos condenados e do exílio por seus belos olhos durante os vinte e cinco minutos inteiros em que não encostara num copo!" Ameaçou Margerie. Ela correu e se refugiou na casa de uma vizinha. Bateu nela. Ela o encontrará morto, sufocado no próprio vômito. Os fascistas sinarquistas empurram o Cônsul, acusam-no de ser um espião:
"*Yes, what's your names?, shouted the second policeman.*"
Em pé no balcão, o Cônsul beberica seu mescal e zomba da redenção ou da sífilis, espera as chamas vermelhas do inferno.
"*Trotsky, gibed someone from the far end of the conter.*"
Está bêbado no último grau e responde com arrogância:
"*No. Just William Blackstone.*
— *You are Juden?, the first policeman demanded.*
— *No. Just Blackstone, the Consul repeated.*"
William Blackstone, o erudito de Cambridge que foi viver entre os índios da América, sai do Farolito, calmo e sem cambalear. É noite de tempestade. O Cônsul libera o cavalo roubado do índio com um tapa na anca do animal. Os fascistas acertam um tiro em sua barriga e ele cai. O cavalo embalado foge sob a chuva. Ao passar pela floresta, atropelará Yvonne, que saiu em busca do Cônsul. *Riders on the Storm*. Jogam o corpo do Cônsul no fundo da ribanceira e um cachorro morto por cima. *This is the End*. O velho violinista reza por ele para a Virgen de la Soledad, *abogada de los que no tienen a nadie*.

Arrastou-se para a cama e deitou-se de costas. "Era o desastre, o horror de despertar todo vestido, de manhã, em Oaxaca, como a cada manhã, às três e meia, depois da partida de Yvonne, Oaxaca para onde escapara à noite de seu hotel Francia ainda adormecido." Mas não haveria mais despertar, é junho de 1957, vinte anos depois do milagre de Cuernavaca e dez depois da publicação do *Vulcão*. Sorri. Não o venceu, o deus da consciência pequeno-burguesa que não ama os poetas, não conseguiu tirar sua atroz lucidez: "Se nossa civilização se dedicasse durante dois dias a recuperar a sobriedade, ela morreria de remorso no terceiro".

Dizem que o dinheiro é inodoro.
O petróleo está aí para desmentir,
Pois em Tampico quando ele evapora,
O passado volta e te faz vomitar.

*Pierre Mac Orlan*

## a roda-gigante

Tudo sempre começa e termina em Tampico, por exemplo aqui, neste quarto do hotel Camino Real cujo bar, como numa cidade sob toque de recolher, fecha na hora do jantar. Ou no dia seguinte ao meio-dia, um pouco mais adiante nessa longa avenida Hidalgo, no número 1403, onde fica o restaurante El Porvenir—*Desde 1923*—, e o *slogan* desse Porvir, que dá para o cemitério do outro lado da avenida de quatro pistas, onde se veem as cruzes brancas por cima do muro, diz que *aquí se está mejor que enfrente*, aqui se está melhor do que ali na frente.

Eu e Philippe Ollé-Laprune, autor de *Cem anos de literatura mexicana*, pedimos a *tortilla* de caranguejo recomendada por Augusto Cruz García-Mora, que vive aqui e acaba de publicar seu primeiro romance, *Londres después de medianoche*, e que talvez entre no próximo volume, *Duzentos anos de literatura mexicana*. Em *O tesouro de Sierra Madre*, Traven descreve com precisão como os caranguejos são pescados nas lagunas de Tampico, atraídos com carne.

Diante de nós, entre o cemitério e o restaurante, passam num sentido as caminhonetes azuis da polícia marítima equipadas com metralhadores sobre tripés, manobradas por dois homens com coletes à prova de balas e pesados capacetes, e no outro as mesmas caminhonetes com pintura verde e marrom camuflada do exército, dotadas do mesmo equipamento, mas que, em comboio, protegem um tanque.

De Mac Orlan e a *Canção de Margaret* para cá, o pó branco substituiu o ouro negro. No lugar do barulho dos raspadores de ferrugem, o estalo seco das rajadas de *cuernochivo*, o chifre de bode, que é o apelido da Kalachnikov. As forças da ordem estão sob o fogo cruzado da guerra que se trava aqui entre dois cartéis, o do Golfo e o dos Zetas. Tudo isso abre o apetite e pedimos ao velho Ángel filhotes de enguia que parecem vermes brancos, muito finos, que o velho anjo afirma ir buscar escavando, todas as manhãs, ali na frente, no húmus das sepulturas.

Ninguém deu ouvidos a Artaud que, no entanto, tinha razão. É bastante claro que somente a legalização poderia pôr fim a essas guerras. Que a proporção de toxicômanos é pequena em relação às dezenas de milhares de mexicanos mortos pelo narcotráfico. E que a proibição só favorece a violência e a estupidez, a negação de valores como a simplicidade, a generosidade, a frugalidade, a piedade, o amor pelas paisagens, a fraternidade dos miseráveis e dos mendigos, a esmola — no *Vulcão*, dada pelo perneta ao que não tem nenhuma perna —, a bondade dos pobres e perdedores: *¡Escúchanos Oh Señor!* E como se isso não bastasse, o jornal *El Sol de Tampico* nos desaconselha a voltar a pé, não apenas para eliminar os riscos de sequestro de poetas franceses sem dinheiro: crocodilos saem das lagunas nas noites de grandes chuvas. Veem-se com a luz dos faróis os olhos amarelos à beira da estrada, ao longo do rio Pánuco, que é a fronteira entre o estado de Veracruz e o de Tamaulipas, e de seu último afluente, a que marinheiros ingleses nostálgicos das docas de Londres deram o nome de Tamesí.

No centro velho, perto do porto fluvial, tenho um encontro marcado com o historiador Marco Flores. As duas belas praças de ângulos retos, Libertad e Armas, são ladeadas de prédios estilo Nova Orleans construídos no tempo da prosperidade petrolífera, com terraços de ferro forjado projetados sobre arcadas sombreadas. Ali fica o quiosque de bilhetes de loteria de que Bogart se aproxima em *O tesouro de Sierra Madre*. Sobre a grama invadida por pássaros pretos de caudas compridas que parecem tordos, um coreto com domo de mosaico. Em meio à barafunda dos vendedores de objetos de plástico colorido e de roupas espalhadas pelo chão, descemos em direção à estação abandonada onde Trótski e Natália embarcaram em janeiro de 1937 no trem *Hidalgo*, do presidente Lázaro Cárdenas. Diante da ferrovia coberta de mato, pensamos no suicídio de Anna Karênina sobre os trilhos de Nijni-Nóvgorod e na morte de Tolstói na estação de Astapovo. E no grande incêndio, na frente dessas plataformas, do petroleiro *Essex Isles*, em 1927, em que toda a tripulação morreu.

Marco Flores confirma que na época em que Traven morava aqui no bairro de Altamira e Sandino no de Naranjo Veracruz, anarquistas e anarcossindicalistas ainda trabalhavam lado a lado, antes que os sindicalistas se tornassem corporativistas e passassem a preocupar-se mais com seus privilégios que com a revolução. Hoje o círculo se fechou: o atual presidente do México, Enrique Peña Nieto, do PRI, o Partido Revolucionário Institucional, acaba de anunciar em Londres a privatização da empresa pública Petróleos de México, Pemex, como em Londres, há setenta e cinco anos, o presidente Lázaro Cárdenas anunciara para os acionistas das petroleiras britânicas, entre os quais Arthur Lowry, sua nacionalização.

E para mostrar que não há mais Estado e que os reis do petróleo agora são eles, os dois cartéis bloquearam as ruas de seus respectivos bairros em janeiro passado, no dia da Festa de Reis. Enquanto seguranças armados os protegiam, homens encapuzados tiraram de suas caminhonetes 4 × 4 presentes para as crianças, notas de cem pesos para os pobres, roscas de reis, roscas decoradas com frutas cristalizadas e com o que parece ser açúcar de confeiteiro, que foram em seguida distribuir para os doentes nos hospitais, boas ações de beneméritos filmadas por eles mesmos e logo postadas na internet, para glória do narcotráfico e de seus benefícios sociais. O México é um país a respeito do qual um estrangeiro não consegue compreender muita coisa. A maioria dos mexicanos também não.

Esta noite, fechado neste quarto, volto pela última vez aos cadernos e às cronologias misturadas de todos esses novelos. Estamos em 21 de fevereiro de 2014. É hoje o septuagésimo aniversário do Affiche Rouge, dos vinte e dois resistentes estrangeiros fuzilados pelos nazistas no Mont--Valérien em 21 de fevereiro de 1944. É hoje o octogésimo aniversário do assassinato de Sandino em Manágua em 21 de fevereiro de 1934, quinze dias depois do encontro frustrado entre Trótski e Nadeau em Paris. Sempre se escreve para combater a amnésia geral e a própria: dezessete anos antes desta noite, em 21 de fevereiro de 1997, eu estava em Manágua, na Nicarágua, aos pés da grande imagem de Sandino sobre a colina de Tiscapa, perto da estátua equestre dinamitada do ditador Somoza, mandante do crime, e me espantava por não ver ali nenhuma cerimônia.

Na época eu estava reunindo cacos da vida de Sandino, assim como nesta noite reúno cacos da vida de Jean van Heijenoort, o belo Van, a grande testemunha: "Vivi sete anos ao lado de Léon Trótski, de outubro de 1932 a novembro de 1939, com algumas interrupções. Era membro de sua organização política e me tornei seu secretário, tradutor e segurança".

O belo Van deixou Coyoacán para ir preparar um doutorado em matemática em Nova York e ao mesmo tempo trabalhar na organização dos arquivos de Trótski em Harvard. Em agosto de 1940, é na rua que toma conhecimento do assassinato, ao ler na primeira página de um jornal: *"Trotsky, wounded by friend in home, is believed dying"*. Está convencido de que Ramón Mercader não o teria ludibriado, aquele homem que se apresentara com o nome de Jacques Mornard dizendo ser belga, detentor de um falso passaporte canadense em nome de Frank Jacson.

"Um belga e um espanhol falando francês não se diferenciam tanto um do outro quanto um parisiense." Ele jamais teria aberto a porta da rua Viena para um indivíduo tão suspeito, jamais, acima de tudo, permitiria que ele entrasse no escritório de Trótski sozinho e sem ter sido revistado. "Durante muitos anos, só o estudo da matemática permitiu que eu conservasse meu equilíbrio interior. A ideologia bolchevique estava em ruínas para mim. Eu precisava construir outra vida."

Jean van Heijenoort, que na primeira metade de sua vida usou mais pseudônimos e documentos falsos do que Traven, tornou-se sob seu verdadeiro nome um pesquisador conhecido por todos os matemáticos, professor de filosofia na New York University e em Columbia, um dos maiores especialistas na obra matemática e lógica de Kurt Gödel. Ele só escreverá a história de sua primeira vida no fim dos anos 70. Isso quanto à razão, mas também houve fatos de paixão. Ele, que por um breve período foi amante de Frida Kahlo, depois se casou muitas vezes. A quarta vez foi com Ana María Zamora, filha de um dos advogados de Trótski. Em pouco tempo se divorciaram, alguns anos mais tarde casaram de novo e de novo se separaram. Em março de 1986, ele foi visitá-la no México e ela o matou com três tiros na cabeça enquanto dormia, depois se suicidou. O belo Van foi enterrado no cemitério francês do México, onde repousava Victor Serge havia já quarenta anos.

Para os que ainda se lembram de Paul Gégauff, dos grupinhos parisienses do *Nouveau Roman* e da *Nouvelle Vague*, a morte do belo Van evoca a do belo Paul, assassinado três anos antes dele, com três facadas, num quarto de hotel na Noruega, pela última e jovem esposa. Esse tipo de morte poderia ter cabido a Diego Rivera, que sem dúvida aprendeu a lição com a facada que levou em Paris de uma amante abandonada. Depois de se divorciarem no México em novembro de 1939, Diego e Frida se casaram de novo em San Francisco em dezembro de 1940, seis meses depois do assassinato de Trótski.

A um amigo médico, Frida contou então que "o recasamento funciona bem. Poucas brigas, melhor entendimento mútuo e, no que me diz respeito, menos perguntas chatas sobre as outras mulheres que às vezes chegam a ocupar um lugar preponderante em seu coração. Em suma, você pode compreender que finalmente admiti que a vida *é assim mesmo* e que todo o resto não passa de bobagem". Frida, por sua vez, escolheu como amante o pintor catalão José Bartolí, e durante alguns anos a vida continua, mesmo que pouco a pouco o corpo se desloque. Em 1950 Frida é novamente operada da coluna vertebral e passa quase um ano no hospital. Em 1953 tem a perna direita amputada. Depois disso, fecha-se na casa azul e não sai mais dali, vive entre seus frascos de Demerol e nuvens de maconha. Anota em seu diário: "Pés? De que me serviriam, se tenho asas para voar?". Compõe poemas tristes como boleros, *"está anocheciendo en mi vida"*.

Em julho de 1954, alguns dias depois de desfilar em cadeira de rodas à frente de uma manifestação contra o golpe de Estado que tirara Jacobo Árbenz do poder na Guatemala, Frida morre, deitam-na em sua cama maquiada e penteada, vestindo um *huipil*. Antes da cremação, Diego Rivera corta-lhe as veias dos pulsos com um bisturi e manda cobrir o caixão com a bandeira vermelha com a foice e o martelo. Há um bom tempo Diego Rivera se prosternou, fez sua autocrítica e reintegrou-se ao clã dos stalinistas. Frida Kahlo é conduzida ao Panteão de Dolores, onde há doze anos repousa sua antiga amiga e rival Tina Modotti.

Um ano depois, Diego Rivera se casa com Emma Hurtado e a casa azul vira museu, depois de ele empilhar as embalagens de Demerol e mais uma porção de coisas num banheiro que mandou emparedar. Em novembro de 1957 Rivera vai a Acapulco e pinta cinquenta e dois pores do sol, volta às pressas à Cidade do México e morre no dia 24 de novembro de seu câncer no pênis, seis meses depois da morte de Lowry. A revista *Impacto* dedica uma longa reportagem a seus funerais. Numa das imagens vê-se Lupe Marín, a segunda mulher, olhos escondidos atrás de grandes óculos escuros, e é preciso contê-la quando ela se atira para cima de David Alfaro Siqueiros para impedi-lo de pegar o microfone. Este, assim como Ramón Mercader, que em breve sairá da prisão depois de cumprir sua pena, já foi homenageado com as mais altas honrarias soviéticas.

No momento da morte de Frida e do golpe de Estado contra Jacobo Árbenz, todos os jovens idealistas que haviam partido para a Guatemala para apoiar a reforma agrária fugiram para o México. Entre eles o jovem Ernesto Guevara, que se torna fotógrafo de rua na Cidade do México, casa-se com a peruana Hilda e a leva em viagem de núpcias a Cuernavaca. Lá ele se aproxima dos exilados cubanos e em pouco tempo se une a eles. Em outubro de 1955 o grupo decide escalar o Popocatépetl como treinamento, assim como Hugh e Yvonne planejavam no *Vulcão*: "O Cônsul termina seu mescal: na verdade é de chorar de rir, não é, esse projeto de escalada do Popo, é bem o tipo de coisa que Hugh imagina". E talvez a imagem da emblemática picareta passe pela cabeça dos guerrilheiros quando vão a uma loja da Cidade do México para comprar picaretas, cordas, óculos de montanha, assim como passam pela cabeça de Lowry e do Cônsul, "Óculos de neve e picareta de alpinista. Vocês ficariam chiques!".

Será ainda a última imagem na cabeça do Cônsul, a picareta, depois que o jogarem no fundo da ribanceira com uma bala no estômago, deitado sobre a vegetação encharcada e o nariz nos pelos malcheirosos do cachorro morto que jogaram por cima dele. Nada é mais doloroso do que morrer com uma bala no estômago e todos os combatentes temem que isso aconteça. Demora para acabar. Um nó nas tripas, uma espécie de cólica terrível, e durante esse tempo o corpo funciona e o cérebro é alimentado com oxigênio. O coração bate e a consciência fica intacta por muito tempo.

Só os mafiosos e os narcotraficantes são capazes de infligir a seus inimigos um fim tão terrível. Na casa do comerciante Ipátiev, em Ekaterimburg, quando o chefete local manda a família imperial descer para o porão, acorda alguns homens aos gritos e lhes ordena que se posicionem em linha para formar um pelotão, eles miram nos torsos. O czar cai. Suas filhas, as lindas princesas, ficam em pé. As balas ricocheteiam em seus corpetes de renda. Elas tinham sido obrigadas a costurar tantas pedras preciosas em suas roupas, esmeraldas, diamantes, rubis, safiras, todas as joias que permitiriam ao czar levar uma vida mansa no exílio, que, assim protegidas por essas carapaças, é preciso chegar perto delas para poder matá-las. As joias ensanguentadas cobrem o piso do porão. O Cônsul agoniza deitado sob o cachorro morto. Em seu delírio, imagina-se ainda escalando o vulcão, sente "o peso dos óculos de neve, o peso de sua picareta de alpinista", sonha com a ascensão mas está em queda.

Um ano depois da expedição ao Popocatépetl, em 1956, o campo de treinamento dos cubanos é descoberto. O futuro Che Guevara e Fidel Castro e os outros guerrilheiros são presos no México. Considera-se a possibilidade de enviá-los ao ditador Fulgencio Batista. O ex-presidente Lázaro Cárdenas obtém sua libertação. Por uma dessas reviravoltas que a História não economiza, é àquele que um dia salvara Trótski que Castro deverá a possibilidade de fazer a revolução em Cuba e também, mais tarde, a possibilidade de convidar Ramón Mercader para terminar tranquilamente seus dias em Havana.

Ninguém deu ouvidos a Artaud, que, no entanto, tinha razão. Só a velha Cultura Vermelha dos milhões de índios de longos cabelos negros e seus deuses multicores no fundo de seus alforjes poderiam salvar essa civilização da loucura em que caiu desde o reinado medíocre de Maximiliano, cujo enorme túmulo pode ser visto no Möbel Museum de Viena, um caixão grande para o corpo baleado como o do czar, um caixão tão longo que poderia até ser de Cravan, com direito à pompa ridícula dos reizinhos dos cartéis que aparecem nos livros de Yuri Herrera. Indiferentes tanto aos carros rutilantes dos narcotraficantes como às caminhonetes militarizadas da polícia, a testa comprimida pelo *mecapal* e levando a carga nas costas, os índios andam em silêncio pelas calçadas, assam seu pão de milho ao longo dos muros, sentam-se e comem em silêncio como nos romances de Martín Luis Guzmán, "com uma dignidade suprema, quase extática. Quando mastigavam, as linhas do rosto continuavam inalteradas". Para Artaud, bem como para Traven, aqueles que se calam terão a última palavra.

No ano da morte de Rivera, em 1957, e uma semana antes da de Lowry, uma criança nasce em Tampico, no seio de uma família enriquecida pelo comércio de móveis e eletrodomésticos. Rafael Guillén deixa Tampico para estudar filosofia na Cidade do México, passa uma temporada entre os sandinistas na Nicarágua com o nome de Jorge Narvaez, segue um treinamento de guerrilha em Cuba sob a direção de Benigno, um dos raros sobreviventes do grupinho do Che na Bolívia.

Em 1994, há vinte anos, é a ele, sem dúvida, transformado no encapuzado subcomandante Marcos, que se deve a aparição, nas imagens da insurreição dos índios zapatistas no estado de Chiapas, durante a brevíssima ocupação das cidades de San Cristobal de Las Casas e de Ocosingo — onde haviam sido espalhadas as cinzas de Traven, a seu pedido, em 1969 —, entre as bandeirolas, em meio aos retratos do Che e de Zapata, do busto de Antonin Artaud. A roda-gigante continua suas lentas revoluções em pleno céu. As alças niqueladas das cadeirinhas brilham ao sol. Assim vão, vão e vão e giram as vidas dos homens e das mulheres. Três pequenas voltas de roda-gigante e depois adeus. Os que estão no alto creem ver no horizonte as auroras radiantes das revoluções políticas e poéticas e logo voltam a descer para a escuridão. Seria preciso reler *Peter Rabbit*. Tudo está no *Peter Rabbit*, sorri o Cônsul.

## agradecimentos

Além de Philippe Ollé-Laprune, impecável amigo sem o qual este livro não existiria, e dos outros amigos que aparecem nestas páginas, agradeço a todos aqueles com quem pude falar de meu projeto durante os dez anos mexicanos, e que me ajudaram: no México, Fabienne Bradu e Joani Hocquenghem, Martín Solares e o pessoal da casa Refugio. No México ainda, o escritor uruguaio Eduardo Milán, por algumas palavras trocadas sobre o enigmático suicídio de Baltasar Brum em Montevidéu em 1933, o escritor chadiano Kously Lamko por nossas conversas africanas no La Selva, o escritor colombiano Fernando Vallejo por uma tarde no Matisse da avenida Amsterdam. Homenagem aos desaparecidos, ao elegante Juan Gelman da avenida Nuevo Léon, que de La Condesa travava seu incansável combate contra a amnésia argentina, Eliseo Alberto, que era filho de Eliseo Diego e que também fugiu do castrismo. Agradecimentos a Paco Ignacio Taibo II, vizinho na rua Ametuzco, por nosso gosto comum por arcanjos e por ter me oferecido o pseudônimo Renato Zaldívar Bracamontes, que usei um pouco, e também por ter me permitido editar *La cabeza perdida de Pancho Villa*, a história da cabeça do herói desenterrada e desaparecida três anos depois de seu assassinato, na revista da Casa dos Escritores Estrangeiros e dos Tradutores. Em Saint-Nazaire, meus agradecimentos vão para Elisabeth Biscay e Françoise Garnier. Em Vancouver e em Dublin, para Hadrien

Laroche. Em Montricher, para Guillaume Dolman por seu apoio bibliófilo. Em Guadalajara, aos escritores Tahar Bekri, tunisiano, e Chenjerai Hove, zimbabuense. Em Monterrey, ao poeta espanhol José Overejo, que na época estava escrevendo sobre Stanley, e ao poeta cubano José Kozer, amigo de Jesús Díaz, que fui encontrar em seu exílio berlinense. Em Paris, ao amigo Jean-Christophe Bailly, por colocar à minha disposição esses dois livros raros que me apresso a devolver: *Hommage à Natalia Sedova-Trotsky*, obra coletiva fora de comércio, exemplar nº 577 (Paris: Les Lettres Nouvelles, 1962), e *Trotsky, a Documentary*, de Francis Wyndham e David King (Londres: Penguin Books, 1972).

Quanto aos outros livros que me cercam esta noite e nos quais pesquei aqui e ali algumas frases ou observações, algumas ideias, como se *Viva!* fosse uma espécie de introdução à sua leitura, listo os títulos no momento de fazer as malas e de arrumá-los nas caixas com os cadernos e os recortes de jornal:

Malcolm Lowry, *Under the Volcano*, introdução de Stephen Spender (Nova York: Perennial Classics, 2000)
Malcolm Lowry, *Au-dessous du volcan*, tradução de Stephen Spriel com a colaboração de Clarisse Francillon e do autor, prefácio de Malcolm Lowry e posfácio de Max-Pol Fouchet (Paris: Le Club Français du Livre, 1949 [edição fora de comércio, exemplar no 88])
Malcolm Lowry, *Sous le volcan*, tradução e apresentação de Jacques Darras (Paris: Grasset, 1987)
Douglas Day, *Malcolm Lowry, une biographie*, tradução de Clarisse Francillon (Paris: Buchet-Chastel, 1975)
V. A., *Malcolm Lowry, études* (Paris: Maurice Nadeau, 1984)
Malcolm Lowry, *Lunar Caustic*, tradução de Clarisse Francillon, prefácio de Maurice Nadeau (Paris: 10/18, 2004)
Malcolm Lowry, *Sombre comme la tombe où repose mon ami*, tradução de Clarisse Francillon, prefácio de Maurice Nadeau (Paris: Points Seuil, 2009)
Malcolm Lowry, *El Volcán, el mezcal, los comisarios*, tradução de Sergio Pitol, prólogo de Jorge Semprún (Barcelona: Tusquets, 1971)
Gordon Bowker, *Pursued by Furies, A Life of Malcolm Lowry* (Londres: St. Martin's Press, 1995)
Francisco Rebolledo, *Desde la Barranca* (Cidade do México: Fondo de Cultura Económica, 2004)

Malcom Lowry, *Ultramarine*, tradução de Clarisse Francillon e Roger Carroy, posfácio de Roger Carroy (Paris: Gallimard, 1978)
Malcolm Lowry, *En route vers l'île de Gabriola*, tradução de Clarisse Francillon (Paris: Gallimard, 1990)
Malcolm Lowry, *Pour l'amour de mourir*, tradução de J.-M. Lucchioni, prefácio de Bernard Noel (Paris: La Différence, 1976)
Sherrill Grace, *The Voyage that Never Ends: Malcolm Lowry's Fiction* (Vancouver: UBC Press, 1982)
Malcolm Lowry, *Écoute notre voix ô Seigneur...*, tradução de Clarisse Francillon e Georges Belmont (Paris: 10/18, 2005)
Malcolm Lowry, *Chambre d'hôtel à Chartres*, tradução de Michel Waldberg (Paris: La Différence, 2002)
Malcolm Lowry, *Poésies complètes*, tradução e prefácio de Jacques Darras (Paris: Denoël, 2005)
V. A., *Pour Lowry*, in *Revue MEET* (2009)
V. A., *Pour Rulfo*, in *Revue MEET* (2011)
Adolfo Gilly, *Historia a contrapelo, una constelación* (Cidade do México: Ediciones Era, 2006)
Octavio Paz, *Le Labyrinthe de la solitude*, tradução de Jean-Clarence Lambert (Paris: Gallimard, 1972)
Paco Ignacio Taibo II, *Archanges*, tradução de Caroline Lepage (Paris: Métailié, 2001)
Jean van Heijenoort, *De Prinkipo à Coyoacán, sept ans auprès de Léon Trotsky* (Paris: Maurice Nadeau, 1978)
Léon Trotsky, *Ma vie*, tradução de Maurice Parijanine, prefácio de Alfred Rosmer (Paris: Gallimard, 1953)
Martín Luis Guzmán, *L'Ombre du Caudillo*, tradução de Georges Pillement (Paris: Gallimard, 1959)
Rogelio Luna Zamora, *La historia del tequila, de sus regiones y sus hombres* (Cidade do México: Conaculta, 1991)
Léon Trotsky, *Littérature et Révolution*, tradução de Pierre Frank, Claude Ligny e Jean-Jacques Marie, prefácio de Maurice Nadeau (Paris: Les Éditions de la Passion, 2000)
Léon Trotsky, *Histoire de la révolution russe*, tradução de Maurice Parijanine, introdução de Jean-Jacques Marie, prológo de Alfred Rosmer (Paris: Seuil, 1950)
Saint-Just, *Œuvres completes*, prefácio de Miguel Abensour (Paris: Gallimard, 2004)
Fabienne Bradu, *Breton en México* (Cidade do México: Vuelta, 1996)
Fabienne Bradu, *Benjamin Péret y México* (Cidade do México: Aldus, 1999)

Pierre Naville, *Trotsky vivant* (Paris: Maurice Nadeau, 1979)
Pierre Broué, *Trotsky* (Paris: Fayard, 1988)
John Reed, *Le Mexique insurgé*, tradução de François Maspero, prefácio de Álvaro Mutis (Paris: Seuil, 1996)
John Reed, *Dix jours qui ébranlèrent le monde*, tradução de Vladimir Pozner, prefácio de Ewa Bérard (Paris: Seuil, 1996)
Henri Dubief, *Les Anarchistes* (Paris: Armand Colin, 1972)
Jonah Raskin, *À la recherche de B. Traven*, tradução de Virginie Girard (Saint-Sulpice: Les Fondeurs de Briques, 2007)
Raquel Tibol (org.), *Frida Kahlo par Frida Kahlo. Lettres 1922-1954*, tradução de Christilla Vasserot (Paris: Seuil, 2009)
Jean-Marie Gustave Le Clézio, *Diego et Frida* (Paris: Stock, 1993)
Margo Glantz, *Les Généalogies*, tradução de Françoise Griboul (Montreuil: Folie d'Encre, 2009)
Leonardo Padura, *L'Homme qui aimait les chiens*, tradução de René Solis e Elena Zayas (Paris: Métailié, 2011)
Philippe Ollé-Laprune, *Cent ans de littérature mexicaine* (Paris: La Différence, 2007)
Philippe Ollé-Laprune, *Europe-Amérique latine, Les écrivains vagabonds* (Paris: La Différence, 2014)
*La Vérité, revue théorique de la IV Internationale*, nº 675 (2010)
León Sedov, *El libro rojo* (Cidade do México: Editora Integrada Latinoamericana, 1980)
Victor Serge, *Mémoires d'un révolutionnaire et autres écrits politiques*, prefácio de Jil Silberstein (Paris: Robert Laffont, 2001)
Victor Serge, *Vie et mort de Léon Trotsky* (Paris: La Découverte, 2010)
Philippe Ollé-Laprune, *Mexique, les visiteurs du rêve* (Paris: La Différence, 2009)
Nordahl Grieg, *Le Navire poursuit sa route*, tradução de Hélene Hilpert, Gerd de Mautort e Philippe Bouquet (Saint-Sulpice: Les Fondeurs de Briques, 2008)
Graham Greene, *La Puissance et la Gloire*, tradução de Marcelle Sibon, prefácio de François Mauriac (Paris: Robert Laffont, 1948)
Léon Tolstói, *Anna Karénine*, tradução de Henri Mongault (Paris: Livre de Poche, 1960)
Blaise Cendrars, *Moravagine* (Paris: Grasset, 2002)
Maurice Nadeau, *Histoire du surréalisme* (Paris: Seuil, 1964)
Alain Dugrand e James T. Farrell, *Trotsky, Mexico 1937-1940*, posfácio de Pierre Broué (Paris: Payot, 1988)
Maria Lluïsa Borràs, *Cravan, une stratégie du scandale* (Paris: Jean-Michel Place, 1996)

Arthur Cravan, *Maintenant* (Paris: Seuil, 1995)
B. Traven, *Le Trésor de la Sierra Madre*, tradução Paul Jimenes (Paris: Sillage, 2008)
Rolf Recknagel, *Insaisissable, les aventures de B. Traven*, tradução de Adèle Zwicker (Montreuil: L'Insomniaque, 2008)
Fabienne Bradu, *Artaud, todavía* (Cidade do México: Fondo de Cultura Económica, 2008)
V. A., *Paris, México, Capitales de exilios* (Cidade do México: Fondo de Cultura Económica, 2014)
André Breton e André Masson, *Martinique charmeuse de serpents* (Paris: Jean-Jacques Pauvert, 1972)
B. Traven, *Le Visiteur du soir*, tradução de Claude Elsen (Paris: Stock, 1967)
B. Traven, *L'Armée des pauvres*, tradução de Robert Simon (Paris: Le Cherche-Midi, 2013)
Antonin Artaud, *Œuvres* (Paris: Gallimard, 2004)
Claudio Albertani, "El último exilio de un revolucionario: Victor Serge en México", in *Tras desterrados*, prológo de Philippe Ollé-Laprune (Cidade do México: Fondo de Cultura Económica, 2010)
Joani Hocquenghem, "Ret Marut, alias B. Traven. De la República de los Consejos de Baviera a la Selva Lacandona", in *Tras desterrados*, prológo de Philippe Ollé-Laprune (Cidade do México: Fondo de Cultura Económica, 2010)
Joani Hocquenghem, *Le Rendez-vous de Vicam, rencontre des peuples indiens d'Amérique* (Paris: Rue des Cascades, 2008)
Evguénia S. Guinzbourg, *Le Vertige*, tradução de Bernard Abbots (Paris: Seuil, 1967)
Evguénia S. Guinzbourg, *Le Ciel de la Kolyma*, tradução de Geneviève Johannet (Paris: Seuil, 1980)
Paco Ignacio Taibo II, *Yaquis* (Cidade do México: Planeta, 2013)
Jasper Ridley, *Maximiliano y Juárez*, tradução de Aníbal Leal (Buenos Aires: Vergara, 1994)
Alfonsina Storni, *Poèmes*, in *Revue MEET* (2000)
Riccardo Toffoletti, *Tina Modotti, une flamme pour l'éternité* (Paris: En Vues, 1999)
*Tina Modotti, une passion mexicaine*, apresentação de Édouard Pommier e Sarah M. Lowe (Paris: Union Latine, 2002)
Mario Bellatín, *Demerol sin fecha de caducidad* (Cidade do México: Quiroga-Rosegallery/Editorial RM, 2008)
Beatrix Potter, *Jeannot Lapin* (Paris: Gallimard Jeunesse, 1980)

SOBRE A COLEÇÃO

Fábula: do verbo latino *fari*, "falar", como a sugerir que a fabulação é extensão natural da fala e, assim, tão elementar, diversa e escapadiça quanto esta; donde também falatório, rumor, diz que diz, mas também enredo, trama completa do que se tem para contar (*acta est fabula*, diziam mais uma vez os latinos, para pôr fim a uma encenação teatral); "narração inventada e composta de sucessos que nem são verdadeiros, nem verossímeis, mas com curiosa novidade admiráveis", define o padre Bluteau em seu *Vocabulário português e latino*; história para a infância, fora da medida da verdade, mas também história de deuses, heróis, gigantes, grei desmedida por definição; história sobre animais, para boi dormir, mas mesmo então todo cuidado é pouco, pois há sempre um lobo escondido (*lupus in fabula*) e, na verdade, "é de ti que trata a fábula", como adverte Horácio; patranha, prodígio, patrimônio; conto de intenção moral, mentira deslavada ou quem sabe apenas "mentirada gentil do que me falta", suspira Mário de Andrade em "Louvação da tarde"; início, como quer Valéry ao dizer, em diapasão bíblico, que "no início era a fábula"; ou destino, como quer Cortázar ao insinuar, no *Jogo da amarelinha*, que "tudo é escritura, quer dizer, fábula"; fábula dos poetas, das crianças, dos antigos, mas também dos filósofos, como sabe o Descartes do *Discurso do método* ("uma fábula") ou o Descartes do retrato que lhe pinta J. B. Weenix em 1647, segurando um calhamaço onde se entrelê um espantoso *Mundus est fabula*; ficção, não ficção e assim infinitamente; prosa, poesia, pensamento.

PROJETO EDITORIAL Samuel Titan Jr. / PROJETO GRÁFICO Raul Loureiro

SOBRE O AUTOR

Patrick Deville nasceu em Saint-Brévin, na Bretanha, em 1957, e vive em Paris. Formado em Letras e Filosofia, viajante contumaz, partiu ainda jovem para o estrangeiro, ocupando postos de adido e professor no Golfo Pérsico, na África e em Cuba. Estreou com *Cordon bleu* (1987) e *Longue vue* (1988), seguidos de três outros romances, sempre publicados pelas prestigiosas Éditions de Minuit. Em 2001, fundou em Saint-Nazaire a Maison des Écrivains Étrangers et des Traducteurs (MEET). Em 2004, agora a bordo das Éditions du Seuil, a obra narrativa de Deville toma novo rumo com a publicação de *Pura vida: Vie & mort de William Walker*. O livro inaugura uma série de "romances sem ficção" que investigam o destino das utopias e esperanças modernas nas mais diversas partes do mundo: *La Tentation des armes à feu* (2006), *Équatoria* (2009), *Kampuchéa* (2011), *Peste & Choléra* (2012) e este *Viva!* (2014).

SOBRE A TRADUTORA

Marília Scalzo nasceu em São Paulo, em 1960. Após os estudos de Letras e Jornalismo, lecionou na Aliança Francesa e trabalhou como jornalista na *Folha de S. Paulo* e na editora Abril. É autora, entre outros, de *Uma história de amor à música* (São Paulo: Bei, 2012), em parceria com Celso Nucci. Além de *Viva!*, traduziu também *Somos todos canibais*, de Claude Lévi-Strauss (São Paulo: Editora 34, no prelo).

*Viva!*, São Paulo, Editora 34, 2016 TÍTULO ORIGINAL *Viva*, Paris, Seuil, 2014 © Patrick Deville, 2014 EDIÇÃO ORIGINAL © Seuil, 2014 TRADUÇÃO © Marília Scalzo EDIÇÃO Heloisa Jahn REVISÃO Flávio Cintra do Amaral, Beatriz de Freitas Moreira, Samuel Titan Jr. PROJETO GRÁFICO Raul Loureiro IMAGEM DE CAPA Léon Trotsky, foto de estúdio, por volta de 1935 © Hulton Archive/Getty Images IMAGEM À PÁGINA 10 Léon Trotsky e sua mulher N.I. Sedova são recebidos por Frida Kahlo em Tampico, México, 9 de janeiro de 1937 © OFF/AFP/Getty Images ESTA EDIÇÃO © Editora 34 Ltda., São Paulo; 1ª edição, 2016 (1ª reimpressão, 2017). A reprodução de qualquer folha deste livro é ilegal e configura apropriação indevida dos direitos intelectuais e patrimoniais do autor. A grafia foi atualizada segundo o Acordo Ortográfico da Língua Portuguesa de 1990, que entrou em vigor no Brasil em 2009.

*Os editores agradecem a colaboração de Marina Tenório.*

CIP — Brasil. Catalogação-na-Fonte
(Sindicato Nacional dos Editores de Livros, RJ, Brasil)

Deville, Patrick, 1957
Viva! / Patrick Deville; tradução de
Marília Scalzo; apresentação de Alberto Manguel
— São Paulo: Editora 34, 2016 (1ª Edição).
208 p. (Coleção Fábula)

Tradução de: Viva!

ISBN 978-85-7326-649-8

1. Narrativa francesa. I. Scalzo, Marília.
II. Manguel, Alberto. III. Titulo. IV. Série.

CDD-843

TIPOLOGIA Plantin PAPEL Pólen Soft 80 g/m² IMPRESSÃO Edições Loyola, em março de 2017 TIRAGEM 3 000

EDITORA 34

Editora 34 Ltda. Rua Hungria, 592
Jardim Europa CEP 01455-000
São Paulo — SP Brasil
Tel/Fax (11) 3811-6777
www.editora34.com.br